JN099357

追放聖女の
どろんこ
農園生活
～いつのまにか隣国を
救ってしまいました～

主な登場人物

ハーベスト王国の地下牢で、聖なる力を
搾取され続けていた聖女。力を失い、
荒野に捨てられて倒れていたところを、
フォルストに救われる。無邪気で元気。
趣味は農作業。

**フォルスト＝
リバーサイド**

リバーサイド王国の国王。
責任感が強く、国民思いで、
国王でありながらも
決して贅沢はしない。
幼少期に生き別れに
なってしまった女の子を
探しており……。

ジャルパル＝
ハーベスト

ハーベスト王国の王様。
フラフレの聖なる力を
搾取してきた。
利己的で、狡猾な性格。
ずる賢いけれど、神経質で
小心者のような一面も持つ。

アクア

リバーサイド王国にきてからの、
フラフレ専属メイド。一見クールだが、
意外とお茶目でノリが良い。
フラフレに振り回されているように
見えるが、その状況を楽しんでいる。

ミーリ＝
ハーベスト

ハーベスト王国の聖女。
フラフレのことが嫌いで、
敵視している。自分が
一番力の強い聖女だと
思い込んでいる。

Contents

よどら文鳥

イラスト
縹ヨツバ

序章　フラフレの幽閉生活

今日もまた、生死の瀬戸際まで聖なる力の解放を強要される。

私＝フラフレは、逃げ出せないように、王宮の使われなくなった地下牢に幽閉されている。

与えられる食事は一日一度だけ。

かろうじて流れている水と自分の服を使い、身体はなんとか綺麗に拭いている。

幸い、地下牢の床はむき出しの地面で土が出ているから、コッソリと野菜を育てながら足りない分の食料を補ってきた。それでも十分とはいかず、骨が浮き出たこの身体もすっかり見慣れてしまった。

しかし、今日はまだ良いほうだった。

「ふふふ……、今日もありがとう！」

野菜に栄養を与えてくれた土と、元気に成長してくれた野菜にお礼を言う。聖なる力をフルに発揮するためには、栄養が欠かせない。できれば外の空気も吸いたいところだが、贅沢は言っていられない。今日収穫できた緑の野菜を食べられるだけでも、私は幸せ者なのだから。

「ムシャムシャ……。ごちそうさまでした。これでほんの少しは回復できたかな」

おなかは少しだけ満たされたし、これでもう少し生き延びることができそうだ。生きることに精一杯。無駄にエネルギーを消費しないためにも、土の上でごろんと横になる。

　いつの間にか私は眠っていた。


「いつまで寝ているつもりだ？　起きろ！」

「ふぁい……？」

　もう朝になっちゃったのかな。なにしろ地下牢だから、時間の感覚がまるでない。警備兵が朝ごはんを届けにくるタイミングを、朝だと認識するしかないのだ。

　寝ぼけながら振り向いてみると、声の主は珍しいお方だった。

「ジャルパル陛下でしたか。おはようございまふ」

「もう昼間だ！　呑気に昼寝とは良い身分だな、フラフレ」

「……申しわけありません」

「挨拶（あいさつ）などしている暇があったら聖なる力を解放しろ！　ボケ聖女が！」

　四十歳を過ぎたジャルパル陛下は、顎（あご）ヒゲを触りながら得意げに私を見下す。このお方には決して逆らうことができないため、私はすぐに正座した。

「お言葉ですが、今日も食事を摂（と）ったあと、いつものように聖なる力で、ハーベスト王国に太陽の光がしっかりと照らされるよう祈り……」

「昨日は雨が降っていたが？」

「日光だけではなく、適度な雨も必要かと……」

「また言いわけか！　私が雨を降らせと命じた日以外は必要ない！　他の聖女にも迷惑だ！　やれやれ……どうも最近のフラフレには聖女としてのやる気を感じられぬ。まさか、孤児院からお前を助けてやった恩を忘れたわけではなかろうな？」

私はどこで生まれたのか知らないまま、孤児院で育った。三歳のころに孤児院が取り壊されて、それまで一緒にいた孤児院のみんなは国外追放されてしまった。

だが、私だけはなぜか王宮へ案内されたのだ。

「友達はみんな追放されてしまったのに、どうして私だけを……」

「フラフレは聖なる力をまとっていたからな。つまり、国のために役立つと思ったから毎日エサを与えている。だが、その力も尽きているようだな。そろそろ……」

知らない間に聖なる力を手に入れていたようで、国の役に立てると言われたときは、生きる意味を感じた。

だが、王宮での扱いは酷く、常に幽閉生活。聖なる力がどんどん弱まっていることは自分自身が一番よくわかっていた。

「せめて、週に一度でも構わないので私を外に出してください。外の空気と光を浴びれば力だって――」

「そう言って、隙をついて逃げようとしているのだろう？　それに、隣国のリバーサイド王国は毎日雨で光など皆無の国だが、皆かろうじて生きてはいるのだぞ？」

「隣国？　ではそちらの国も助けなければ……」

「いや、このままで良い。あの国が苦しめば苦しむほど、我が国の食料を高く買い取らせられるからな」

ジャルパル陛下はものすごい倹約家だと聞いたことがある。私は国のことをよく知らないけれど、他国を犠牲にして励むのが良いことなのだろうか。

疑問に思ったとき、ジャルパル陛下の視線は地下牢の土に向いていた。

嫌な予感がする……。

「む？　それはなんだ？」

「あ……、これは」

土の中に隠しておいた野菜の一部が露出してしまっていた。

野菜だけはなんとか助けなくては……。

「フラフレよ。まさか、ここの土で野菜を育てていたのか？」

「はい……。支給される食料だけでは到底生きていけませんから……」

私は正直に話した。これで、もしかしたら少しは朝の支給もまともにしてもらえるかもしれない。

だが……。

「なるほど。つまりお前はこの野菜に貴重な聖なる力を使い込み、国に対しては手を抜いていたということだな？」

「違います！　この野菜には……、あ！」

バリバリッ！

私の弁明(べんめい)はまったく聞いてもらえなかった。それどころか、ジャルパル陛下は、私が大事に大事に育ててきた野菜を土からむしり取り、踏み潰(つぶ)してしまった。さらに、その野菜に火をつけられ、もはや原型を取り戻せる状態ではない。

私の大事な生命線が……。

「無駄な力を使うでない。今後は農園の真似事も禁止だ。私欲ではなく国のために聖なる力を発動せよ。良いな？」

「う……うっ……」

ジャルパル陛下は恐ろしい笑みを浮かべながら、地下牢に鍵をかけて出ていった。

大事に育ててきた野菜が一瞬で殺されてしまい、涙がとまらない。

ジャルパル陛下はまったく理解してくれなかったのだ。野菜を収穫できなくなったうえに少ない食料支給だけでは、きっともう聖なる力は……。

それから数日後、ついに私は聖なる力を発動できなくなってしまった。そのことを謝罪するため、食料配給の者に報告した。

「せっかく毎日こうやってエサを与えてやっているのに、まさか力を失うとは……。陛下に伝えておこう」

「申しわけありません……。あ、私のごはん……」

「無力な家畜にやるエサなどない！　こんなものはこうしてやるよ！」

食料配給の者は床にパンを落とし、そのまま足で踏み潰してしまった……。潰れて泥まみれになったグチャグチャのパンを、私のいる地下牢の中へ放り込む。

「ほら、俺様が作り直してやったエサだ。感謝しろ」

彼は、ガハハハと笑いながら姿を消した。

しばらく悩んだが、私の空腹は限界だ。汚れた部分を手で払って少しでも綺麗にしてから、潰れたパンを口にほおばった。

「あ、ちょっと硬くなっちゃったけれど食べられる。良かった……」

食事を終えてしばらくしてから、今度はジャルパル陛下がやってきた。すぐに地下牢の鍵を開けて、ものすごい顔で私を睨んでくる。

「申しわけ――」

――パァァァァァアアアアン！

「きゃああ！」

私は何度も殴られた。悲鳴も上げられなくなったころに身体中を触られ、ジャルパル陛下のおもちゃにされるがままだった。私が受けた屈辱は相当なものである。

「ふん。お前のような痩せこけた不気味な身体に興味はないわい。だが一応確かめてみた。やはり、お前なんぞに惚れるような男は金輪際現れんだろうな！」

「う……う……痛い、気持ち悪い……」

「まったく……。クズのお前を拾って聖女の地位まで与えてやったというのに恩を返そうともせず、自分のことばかりに力を使いおって。こんな女では奴隷小屋に引き渡しても価値がつかぬ。覚悟しておくことだな」

ようやく拷問から解放された。この日は、もうなにもしたくなくて、ずっと寝たきりだった。

翌日は朝の食料支給はなく、代わりに鎧をまとった騎士のような人がやってきた。

「元聖女フラフレよ！　牢から出るが良い。陛下がお呼びだ」

「え？　ここから出て良いのですか？」

　昨日の拷問はなんだったのだろう。ずっと地下牢だと思っていたが、今度は外でジャルパル陛下と対談らしい。今までここから出してもらえることなんて滅多になかったのに。

「あぁ、当時陛下が潰した孤児院の者たちと同じ処遇をするとおっしゃっていたぞ」

「え……」

　それを聞いた瞬間、私の希望は完全に絶えた。


　騎士の男に連れてこられた場所は王宮の庭。周りにはキチンとした格好の人だかり。意図はすぐにわかった。公開拷問のようなものだろう。

　とはいえ、久しぶりの外の空気がたまらなく美味しい。

　だが、長年ほとんど地下牢で過ごしてきた影響か、ここまで歩いてきただけで身体が悲鳴を上げていた。足はズキズキするし、呼吸も乱れてしまう。

「喜べフラフレよ。お前はもう自由の身だ」

　ジャルパル陛下は、私が想像していたこととはまったく違うことを言ってきた。驚いてしまい、聞き返す。

「はぁ……はぁ……。外にいて良いということですか？」

「そういうことだ。聖なる力が尽きた、役立たずのフラフレをここに置いておく必要もあるまい。つまり、お前は廃棄処分だ」

ジャルパル陛下はニヤリと微笑む。期待してしまった自分が情けない。私の嫌な予感は、ほぼ的中したと言って良いだろう。

「孤児院の人たちと同じ処遇と聞きましたが……」

「あぁ、先ほど廃棄処分と言っただろう？　つまり、国外追放だよ。自由になったのだから喜べ」

「死ねと言っているのですね……」

「そんなことは言っておらぬぞ。当時の孤児院にいたクズどもも、廃棄したとはいえ、どこかの国で生きている可能性はある」

私の希望だった、孤児院のみんな。いつかどこかで会えるんじゃないかと期待していたからこそ、今までジャルパル陛下の言いなりになって耐えてきた。ようやくみんなに会えるチャンスがやってきた。

だが、今の私では、チャンスを生かすどころか絶望しかない。

「今の私の体力では、この王宮から外に出ることすら……」

「心配には及ばぬ。今までの褒美として、しっかりと国外までは馬車を用意してやろう。空を見渡す限り、お前が聖女として力を使っていたのかどうかも怪しいがな」

久々に見上げた空は晴天で、雲ひとつない。あと数時間は私が発動していた聖なる力の効果も続くだろう。

「せめて、このまま外で日光浴させてください。数日だけでもお待ちいただけませんか？　そうすればきっと力も――」

「ならぬ。すでに会議のうえで決めたことだ。役に立たないフラフレに予算を投入するつもりはない。それに、貴族の中にまともな聖女が何人もいるからな」

ジャルパル陛下が私に物言いしている最中、陛下の横でずっとクスクスと笑っている三人の女性たちが聖女なのだろう。私と似たような力が身体から放出されているから、聖女同士ならわかるのだ。

だが……、ちょっと心配だ。彼女たちからは僅かな力しか感じられない。貴族なのに、彼女たちも地下に幽閉されていたのだろうか。

「ほっほっほ、アンタみたいなどこの馬の骨かもわからないような庶民の底辺と、私たち高貴な貴族聖女が同じ土俵にいること自体ずうずうしかったのよ！」

「ミーリ様のおっしゃるとおり。フラフレさんのような孤児院出身の聖女なんてこの国に必要ないことが、ようやく証明されたのですわ」

「これからは、高貴な血を引いた私たちが太陽の恵みを与えるから、ご心配なく」

みんな元気じゃん！

元気なのに聖なる力があんなに弱く……。いや、もしかしたら私の体力が底をついているから、思うように力の察知ができないのかも。

この聖女たちが言うように、私はついに捨てられちゃうのか。

「別に理不尽なことを決めたわけではない。フラフレは知らぬのだろうが、これは国全体の意思と言っても良いだろう」

「どういうことですか？」

「話は終わりだ。さっさと馬車に乗れ。移動中に民衆たちの声を聞きながら、いかにお前が無駄な存在だったか理解してから出ていくが良い」

強引に馬車に乗せられ、馬車はゆっくりと走り出した。私はいったいどこへ連れて行かれるのだろう……。

馬車の揺れ、今の私にはかなりキツい。酔って吐いてしまいそうだ。

だが、貴重な栄養源を出すわけにはいかないため、必死で我慢した。我慢しているところへ追い討ちをかけるように、馬車の外から民衆の声が届く。

「あれよあれ！　あの女が一人だけ王宮で良い思いをしてきたって噂の、孤児院出身の聖女だそうよ！」

「うわ、ほとんど骨みたいなあんな女が？　よくもまぁ聖女だなんて主張してこられたもんだ」

「あんな気色悪い女に俺たちの稼いだ金が使われていたと思うとイラつくな！」

「とっととハーベスト王国から出ていけ！　二度と戻ってくんじゃゃねぇ！」

私は初めて、今までやってきたことが無駄だったことに気がついた。

私って、ただの税金泥棒だったんだ……。悔しくて、悔しくて……涙がとまらない。

馬車酔いもさらに酷くなり、気づけば、すでに王都の外へ出たところだった。馬車を汚せば御者（ぎょしゃ）になにをされるかわかったものじゃない。下手をすればこの広い荒野で降ろされるかもしれない。

だが、心身ともにもう限界だった。

「なんだ、元聖女よ。顔色が悪いが酔ったのか？」

御者が私のほうを向きながら声をかけてくれた。

「はい……。吐きそうです」

「そうか。ならば楽にしてやるよ。そーれっ！」

「ひいっ！」

馬車は左右に激しく蛇行しながら進んでいく。余計に揺れ、私の吐き気は酷くなった。

「やめて……、どうしてそんなことを……」

「お前は国の税金泥棒だろう。犯罪者にはそれなりの償い(つぐな)が必要なのさ。おっと、もしも中で吐いたら命はないと思えよ？」

そのあとも左右に揺れ、急加速急減速をくり返された。本当に、もう限界だった。

馬車がとまった瞬間、私は必死の思いで飛び降りた。

「おっと、こんなになにもない場所にご用かい？　じゃ、俺はこれで失礼するよ。せいぜい元気に生きることだな！」

御者は満足そうにしながら私を置いて、王都方面へと戻っていった。立ち上がれないほどの馬車酔いをしてしまい、私はその場で嘔吐をくり返す。

ひととおり全て出てしまったところで、もはや私の身体には栄養がほとんどなかった。仮に酔いが治まっても、もう歩くことすら困難だろう。

「さようなら、私の人生。せめて……もう一度だけ、孤児院にいたお兄ちゃんのように慕(した)っていた人に逢いたかった……」

私はその場で目を瞑(つむ)った。なにか馬車のような音がしてきたような気がするが、私にはもう目を開ける力も残っていない。

そのまま、意識を完全に失った。

第一章　フラフレは厚い待遇を受ける

「ぅぅぅぅん……」

もう何日も昏睡していたような気がする。

いつも寝起きはボケーっとしている私だが、今回ばかりはすぐに目が覚めた。

「きゃぁぁぁああっ痛い痛い痛い痛い！」

「少し我慢したまえ、これは栄養補給のための針だから！」

「そんなこと言われても……」

見たこともない場所で、見たこともない太い針を、左腕にプスッと一発おみまいされている。

我慢しろと言うのは無理がある。これが針地獄というものなのだろうか。

「はいはい、落ちつきなさい。しばらくすれば少しは元気になるよ」

「は……はぁ。あなたは？」

「リバーサイド王国の王宮直属主治医だが」

「おうきゅうちょくじょくしゅじぃ？」

難しすぎる言葉に思わず聞き返した。すると、白衣を着ているお方がクスクスと笑みを浮かべてくれた。どうやら、悪い人ではなさそうだ。

針はものすごく痛かったけれど。

「うむ、その可愛らしい瞳を見せられるなら正気はあるな。もうしばらく寝ていれば大丈夫だろう。このまま休みたまえ。陛下にも伝えておこうか」

陛下？

いったい、どうなってしまったのだろうか。

私は確か、ハーベスト王国の、王都近くの荒野で野垂れ死にしそうになり、意識を失ったはず。さっきのお方は、リバーサイド王国と言っていたような気がする。それから陛下と言っていたけれど、リバーサイド国王陛下のことだろうか。

考えていても仕方がない。改めて意識して横になってみると、地下牢で横になっていた感覚とはまるで違う。

「気持ち良い！　ふかふか！」

なんなんだ、この白い布切れみたいなものは。

なんなんだ、身体の上に被さっているこのあたたかい物体は。

どれも馴染みのないものだが、とても気持ち良い。まるで眠気を誘うかのような居心地の良さとふかふか感。さっきは地獄かと思っていたけれど、むしろ天国だ。

「むふふふふっふふ〜〜〜〜♪」

白いふかふかの上でごろんごろんしながらニヤニヤしていたため、さっきの白衣のお方とは別のお方が私の側に来ていることに気がつかなかった。

「目を覚ましたようだが、これはなんだ……？　変な薬を与えていないだろうな？」

「はっはっは……。ずいぶんとくつろいでいるようですな」

「ほえ？」

見たところ、年齢は私と同じくらいかちょっと上。今まで見たこともないような、国宝級と言っても良いくらいに整ったお顔立ち。身長も私の顔ひとつ分は高そうで、痩せ型ではあるものの、ピシッとした服装から盛り上がった筋肉が神々しく見える。髪も綺麗な金色で、無造作な前髪が一段とかっこよさを引き立てている。

さぞおモテになることだろう。私はこれほどおモテになりそうなお方と、白衣のお方にとんでもない姿を見せてしまったようだ。

気まずい。

「気分はどうだ？」

「え、えぇと……、とてもふかふかで気持ち良いです」

「……そうではなく、キミの体調のことを聞いているのだが」

またしてもトンチンカンな答えをしてしまったようだ。私は顔を真っ赤にしながらもう一度答える。

「そういえば……、吐き気は治っていますし、かなり楽になったような気が」

「ならば良かった。焦ったぞ。キミは荒野で一人倒れていたのだからな。そのうえ何日も眠ったままだった……」

「もしかして、あなたが拾って助けてくださったのですか？」

「口の利き方に気をつけなさい。このお方はリバーサイド王国の王、フォルスト＝リバーサイド国王陛下であらせられるぞ」

白衣のお方が少しばかり険しい表情で私に教えてくれた。いきなり国王と言われても、理解が追いつかない。

他国の国王陛下がいったいどうして私なんかに話しかけてくれているのだろうか。

「王……様？」

「主治医よ、気にせずとも良い」

「ははっ。おおせのままに」

二人のやり取りを聞いていると、彼が王様というのは本当のようだ。

フォルスト国王陛下と呼ばれたお方は、私のほうをじっと見ている。その美しい容姿で見つめられるのはかなりキツい。

見惚れている場合ではない。私も名乗らなくては。

「え……えぇと、助けていただきありがとうございます。私はフラフレといいます」

少し沈黙が続いた。フォルスト陛下はなにかを考えているような表情をしていたが、やがて口を開く。

「……ふむ。改めて、私はフォルスト＝リバーサイドと申す」

「先ほどから失礼なことばかりで申しわけありません」

「気にすることはない。国王とは名ばかりで、周りの者たちに助けられている新米だ」

フォルスト陛下の優しい言葉を聞いて、心の重荷と緊張がスッと軽くなった。ジャルパル陛下だったらこうはいかない。少しでも問題があれば、すぐに制裁が待っているのだ。

「ところで、キミはフラフレと言ったな。なぜあのような場所で倒れていたのだ？」

「えぇと……」

正直に言ってしまって良いものか迷う。

私は多くの人たちから恨まれている。もしかしたらこれは誰かの罠かもしれない。

この二人は悪い人じゃないとは思う。それでも、国王陛下ですよ、はいそうですか、と信じることは難しい。実はここはまだハーベスト王国内で、私が口を滑らせないか確認している可能性だってある。

　答えられずに困っていると……。

「もし言いづらいのであれば無理に答えなくても良い」

「お気遣いありがとうございます」

「ただ、これだけは答えてもらいたい。食事は摂れそうか？」

「へ？」

「腹は空いていないかと聞いているのだ」

　言われた瞬間におなかが『ぐぅぅぅぅううう〜』と大きな音を立ててしまった。

　私のおなかよ、勝手に返事しないでくれ！

「ふむ、食べられそうか。ならば食事の支度をしよう」

「助けていただいたうえに、食事まで良いのですか？」

「もちろんだ。ちょうど夕食時だから一緒に食べていきたまえ」

「夕食時？　私などが食べても良いのですか……？」

「……当たり前だろう」

　私は、まるで別世界のような環境の変化っぷりに驚いた。先ほど心配していたことが、思い過ごしだったのではないか、と思うくらいの優しさを感じる。

「あ、あの……フォルスト陛下」

「なんだ？」

「ありがとうございます！」

「……なあに、当然のことだよ」

フォルスト陛下が私の顔を見ながらニコリと笑ってくれた。その笑顔は、私の疑心を全て吹き飛ばす不思議な力があった。


「こ……これを全部ですか？」

「もちろんだ。遠慮せず食べてくれ」

どう見ても一週間分の食べ物だ。

あたたかいスープなんて夢物語だった。

丁寧（ていねい）に切られて盛りつけられた野菜サラダは、今まで生食いしかしてこなかった私にとって宝石を見ているかのように思えた。

パンから湯気が出ていて『今焼き上がりました』という状態を物語っている。

これだけでも何日分の食事だろう。しかも、スープとサラダとパンでは終わらない。これが噂で聞いた米か。ずいぶんと水分を含んでベチャベチャになっているが、米の上には一緒に食べるらしい美味しそうな物体も乗っかっている。

「この黄色いものも食べられるのですか？」

「それは玉子がゆだ。フラフレ殿は相当な栄養失調だと、主治医が言っていた。だから、今回は身体に負担をかけないようなものを選んで作らせたのだが……」

「そこまで気遣ってくださるなんて……。ありがとうございます！」

「礼を言われるほどのことでもあるまい。食べたまえ」

「いただきます」

まずはサラダを、一口ずつ、ゆっくりと口にほおばる。

（美味しすぎる……。こんなに美味しいもの、食べたことない！）

私は今までどおり手づかみで食べていたのだが、こちらを見ていたフォルスト陛下がコホンと咳払い(せき)をした。

「フラフレ殿……、そこにフォークとナイフ、それからスプーンがあるであろう」

「この刃物みたいなもので食べるのですか？」

「……？　そうだが、今までどうやって食事を摂ってきたのだ？」

「えぇと、基本的にはガブリと噛みついて……。あ、泥まみれになっていたらもちろん一度汚れを手で払ってからですが……。ただ、この米は手づかみすると火傷(やけど)しそうですよね。どうやって食べれば……」

「知らぬということか。こうやって食べるものなのだ」

フォルスト陛下は、慣れた手つきでフォークやナイフを使いこなす。フォークの先っちょが口の中に入っていくのを見て、怪我をしないか心配だった。

だが、当然のように食べているため、私もフォークを使ってみることにした。

「こうですか？」

「持ち方に少々難はあるが、手づかみより良い。ほら、手を拭きたまえ」

フォルスト陛下はハンカチを私に手渡してくれた。

「こんなに綺麗なハンカチを使ってしまったら、汚れてしまいますよ……」

「おかしなことを言うのだな。気にせず使うが良い」

「はい……」

私の手の汚れの全てが、ハンカチで包まれていくような心地だった。

「ありがとうございます。しっかりと洗ってからお返しいたします」

「いや、そこまで気にせずとも良いのだ」

「こんな至れり尽くせり……。どうして私などに、国王陛下ともあろうお方がここまで優しくしてくださるのですか……」

「……人が困っていたら助けるのは当然のことだろう。無論、誰でも助けるというわけではないのだがな」

ジャルパル陛下と比べてしまうのは申しわけないと思うが、あのお方は国務で常に忙しいと主張していた。国王陛下というのは、責任が重くて忙しい、ものすごく大変な仕事だと思っている。

だが、フォルスト陛下はそのような素振りをまったく見せず、私に寄り添ってくれているかのように、物腰が柔らかく、丁寧で威圧感がない。だからこそ、ここで食事をさせていただいてもあまり緊張しないでいられる。

慣れない手つきで、初めて見る食器を使い、全ての料理をいただいた。

「ごちそうさまでした」

「ものすごい食欲だったな」

「ありがとうございます。おかげさまで三日は生き延びられそうです」

こんなにおなかが満たされたのは生まれて初めてだ。なんとも言えない幸福感と満腹感で、身も心も満たされている。

そんなとき、フォルスト陛下はとんでもないことを言った。

「なにを言っている……？　明日の朝食も用意するから食べるのだ」

「へ？」

「考えてみると言っていなかったな。フラフレ殿の体力が回復するまでは、王宮でゆっくり休んでもらいたい」

なんて優しい王様なのだろうか……。

「良いのですか？」

「そのかわり、元気になってもらう」

「う……うっ……ありがとうございましゅ……」

私は、嬉しさのあまり涙がとまらなかった。

今夜も念のため医務室で寝るようにと、フォルスト陛下に命じられた。窮屈な思いをさせてすまないと謝られたのだが、意味がわからなかった。

こんなにふっかふかのベッドで寝て良いのだろうか。

医務室って今まで住んでいた地下牢より広いし、空気も良いし、居心地だって最高なんだけどなぁ。

医務室のベッドに横になると、すぐに眠気に襲われた。

「ふにふに……。この布団っていうものもフカフカ、もふもふ。……幸せ」

枕をギュッと抱きしめながら、うつ伏せになった。今度は足をバタバタしながら、今日食べたご馳走を思い出す。

「フォルスト陛下は私の食べ方を見て呆れていたんだろうなぁ。フォークやナイフの使い方、しっかり身につけないと！」

今までなんの教養も身につける機会がなかった。私のような常識知らずは、このままではどこへ行っても恥をかいてしまうだろう。できる限り、勉強しなきゃなぁ。

それにしてもこのベッドは魔法でもかけられているようだ。どんどん睡魔が襲ってくる。

いつの間にか私はグッスリと眠っていた。


「ふがぁー……？」

どこで寝ても、私の寝起きは極端に情けないことを自覚している。

だが、今日は今までの寝起きとは違い、起きた瞬間に頭がスッキリ爽やか状態だ。フカフカもふもふベッドのおかげかな。

天国のようなベッドとの別れを惜しみながらゆっくりと両足を床につける。ちょうどそのタイミングで、医務室のドアが開いた。

「おはようございます、フラフレ様。朝食の準備が整いましたので、いつでもどうぞ」

黒い長めのワンピースをベースに、蝶ネクタイ。おそらくメイドさんだ。私と同い年くらいで、しかも可愛い。

リバーサイド王国って美男美女しかいないの？

「おはようございまふ……。えぇと、私の名前を知っているということは――」

「申し遅れました。フラフレ様がご滞在の間、身の回りのお世話を担当するメイドのアクアと申します。ふつつか者ではありますが、どうぞよろしくお願いいたします」

さすがに私への待遇が良すぎないか？

聖女だとは知らないはずだし、身体も服もボロボロで、女としての魅力すらない。どうしてここまでしてくれるのか……。

――ぐぅぅうう！

昨日満腹になるまで食べさせてもらったのに、もうおなかが空いている。

「あ……」

「本日のご予定ですが、フラフレ様にはいくつかやっていただくことがございます。まずはおなかを満足させましょう」

「は、はい。ありがとうございます」

アクアさんはニコリと微笑みながら、再び医務室のドアを開けて私を誘導する。

こんなおもてなしを受けて良いのかどうか戸惑いつつも、空腹に負けてしまいアクアさんについていった。

昨日と同じ食堂には、パンとサラダ、それからミルクとスープが用意されていた。

豪勢な朝食を、一人で無我夢中でいただいてしまう。

「ごちそうさまでした。朝からこんなに満足したのは初めてです！」

「……左様ですか。本日はフラフレ様のお身体の具合を見ながらですが、やっていただきたいことがございます。全て陛下からの指示ですので」

陛下の指示と聞かされた瞬間、一瞬だが背筋がゾクっとした。ジャルパル陛下の命令でやらされた数々のことを、思い出してしまったのだ。

フォルスト陛下は酷い命令などしてくるとは思えない。私は何度も自分にそう言い聞かせたが、慣れのせいですぐ納得ができないのだ。人生の大半を奴隷のように過ごしてきたトラウマはなかなか拭(ぬぐ)えるものではない。

「な、なにをすればよろしいのでしょうか……？」

おそるおそるアクアさんに聞く。少しばかり身体が震えてしまった。

だが……。

「新しいお召し物を何着か選んでいただいたあと、大浴場で身体を綺麗にしていただきます。その次は昼食ですね」

「ふぇ？」

気が抜けて、あまりにも情けない声が出てしまった。

「昼食のあとは、しばらくご滞在していただくお部屋を選んでいただきます。決定後は大至急使用人が清掃をおこないますので、その間は私も同行のもとですが、王宮内でご自由にお過ごしください。それから……」

アクアさんの長い説明を聞き、唖然としてしまった。

「そんなに良くしていただいても、お礼ができないです……」

「ふふ。陛下は見返りなど求めたりしませんよ。それに今は、フラフレ様の心と身体が元気になることを第一に考えましょう」

「みんな優しすぎですよ……」

元気になったら、聖なる力も使えるようになるかもしれない。もしもそのときがきたら、コッソリこの国に使ってみよう。

私が意識を取り戻してから、外はずっと雨だ。ジャルパル陛下が『隣国のリバーサイド王国はずっと雨が降り続いてろくに収穫できていない』と言っていたっけ。

あれ……？

だとしたら、今朝と昨晩のご馳走ってどうやって……。

「さ、フラフレ様。まずはお風呂のあとに着る洋服を選びましょう！」

「え、あ、ちょっと……、あの」

聞きそびれてしまった。


「こちらが衣装ルームになります。この中からお好みのものをお選びください」

「ふぇええ……。どれでも良いのですか？」

「もちろんです。陛下の指示ですので、自由にご覧いただき、着用してもらって構いません。なお、異国でデザイナーをされている王妃からご提供いただいた衣装等が別室に飾られていますが、そちらだけはご遠慮ください」

「あ、はい」

そんなに、ものすごく価値のありそうな服なんて、むしろ恐れ多くて着たくはない。それにしても、こんなにたくさんの種類の服が世の中に存在しているなんて知らなかった。

「なお、今回選んでいただく服は、全て贈呈(ぞうてい)となります」

「ぞうてい？」

「つまり、プレゼントということです。フラフレ様のものになります。……おっと、遠慮しようとしていますが、お気になさらず。むしろ、王宮を歩くうえでは、ある程度清楚な服装でいられたほうがよろしいかと」

もらえませんよ、と言う前にとめられてしまった。ボロの服で高貴な場所をうろつくのは問題だと私も思っていた。ここはお言葉に甘えることにしよう。

「ありがとうございます……」

さて、選ぶとしても多すぎる。

私はもし元気になれたら、野菜を育てながら土と戯れたい。そもそも私にはどういう格好が相応しくて似合うのか、さっぱりわからない。

ここはアクアさんに選んでもらったほうが良さそうだ。

「あの……、多すぎてどれが良いのか……。もし良ければ選んでいただけたら」

「私がフラフレ様の服選びをしてもよろしいのですか？」

「そのほうが私も助かります」

「で……では、フラフレ様に似合いそうな服を選ばせていただきます」

アクアさんはものすごいスピードで手際良く服をかき集めてきた。

「ひとまず、入浴後に着ていただこうと思っている服を選びました。気に入っていただければ幸いです」

「ありがとうございます！　選んでもらったのに嫌だなんて言いませんよ」

「フラフレ様は優しいのですね。でも、気に入らなかったら遠慮なくお申しつけください。それでは大浴場へ向かいましょう」

大浴場っていったいどんなところなんだろう……。

ここは王宮なわけだし、どんなところであっても驚いたり叫んだりしないよう気をつけなきゃ。


「な、な……、なぁぁぁあああっ！」

大浴場へ立ち入ったことなんて今までに一度もない。大浴場は身体を綺麗にする場所、という認識だった。

しかしいざ実物を見てみると、湯気が出ている大きな水溜まりと、見たこともない道具がズラリ。ちょっと湿気が強い。

ここなら身体を拭き放題だ。

「驚かれているようですが、このような場所は初めてですか？」

「はい。ここなら身体を拭いたうえに服も綺麗になりそうですね！」

「……服ごと入浴されるおつもりですか？」

「にゅーよく？」

「あぁ、理解しました。まずはそこからですね」

アクアさんから、大浴場での入浴の仕方とやるべきことを教わる。

今までは、髪を洗うにしても、比較的綺麗な水が流れてきたときに頭ごと髪を突っ込んで洗い流すくらいしかできなかった。

だがこの大浴場では常に綺麗なお湯が出るらしく、湯船というものに溜められた多量のお湯に全身浸かることもできる。

（身体全部がお湯に包まれるってどんな感覚なんだろう～）

「服を脱いで裸で入るのですか？」

「貸切にしてありますから、覗かれる心配はございません。ご安心を」

「それは気にしていないです。別に私の身体なんて見たくないでしょう……」

私は、ジャルパル陛下から、身体の魅力などないと何度も言われてきた。自分でも、こんなガリガリで汚い女、結婚はおろか、好きになってくれる人だっていないと思っている。

「そんな過小評価することはないと思いますけれど……。それから、私には敬語を使わないようにお願いいたします」

「どうしてですか？」

敬語を使うなという命令は初めてだったため、思わず聞き返してしまった。今まで、ジャルパル陛下は当然だとしても、警備兵や食事を運んでくれた人など、全ての人に敬語を使わなければお仕置きが待っていたのだ。

「まず、主従関係というものがございます。現在私はフラフレ様のお世話係なので、立場的にも堂々とされたほうがよろしいかと。もうひとつ、フラフレ様にはあまり気を遣わず心を楽にしていただきたいという私個人の意見でもあります」

「他人への会話で敬語なしは慣れてないのですが、使わないようにします。……使わないようにするね」

「ありがとうございます」

言葉を崩すなんていつぶりだろうか。孤児院にいたころは、一緒に育った幼馴染と仲良く喋(しゃべ)っていたような気はするけれど、もう遠い昔の話。

そういえば孤児院にいたころは、みんなで身体を拭きあったりしていたっけ……。

「えぇと、アクアさん……じゃなくて、アクア？　入浴って一緒に入れる？」

「へ？」

「ダメかな？」

「フラフレ様がお望みとあれば、そのくらいでしたら……」

主従関係はしっかりしたほうが良いみたいだけれど、アクアと仲良くなるくらいなら別に構わないよね？

私は、誰かと喋ること自体、嬉しくて仕方がなかった。そして、一緒にいてくれるなら、やることを共有したい。

脱衣所というところで、私はなにも考えずに服を全て脱ぎ、裸になった。アクアもまた、メイド服を脱ぎ、綺麗な素肌をあらわにした。

「えっ？　フラフレ様……？」

「なにか？」

アクアがあまりにも驚いた表情をしながら、私の身体をジロジロと見てきた。

ちょっと恥ずかしいかも。

「身体中にできたアザ……、どうされたのですか？」

「あ……、本当だ。こんな感じになっちゃってたんだね」

殴られること自体は日常的だったし、数箇所程度の怪我は気にしていなかった。

しかし、聖なる力が使えなくなったときの暴行は激しかったからな……。まだ怪我が治っていなかったようだ。

「すぐに手当てを……」

「ちょっとズキズキしているけれど、大丈夫だよ」

「まさか、今まで日常的にそのような怪我を……？」

「うーん、今回はなかなか……かな」

過去のことよりも、今は目の前にあるお風呂が気になって仕方がない。

ここで今までのことを話すとややこしくなりそうだし、怪我のことは気にせずにアクアを連れて大浴場へと進んだ。

「フラフレ様、これを使って洗いましょう」

湯船に浸かる前に身体を綺麗にすることが大事らしい。新品のタオルを渡され、それには不思議な泡がいっぱいで、モコモコしていた。

「このモコモコは？」

「石鹸です。これでゴシゴシと洗い、お湯で流せば、汚れが綺麗に落とせます」

「へぇ〜。やってみる」

タオルで身体をゴシゴシと擦(こす)ってみた。服で洗ったときの感触とはまるで違う。

「天国だぁ！　モコモコすごく良い！」

「気に入っていただけたようでなによりです」

なんというか、泡が優しく包んでくれている感じが気持ち良い。怪我の部分は少しズキズキしたけれど、綺麗にしたかったから構わず擦った。

モコモコを使って頭も綺麗にゴシゴシと洗う。

こんなにも身体がスベスベになるものなんだなぁと満足である。

「ふふふふふふふっ♪」

「少し落ち着きましょうね！　綺麗になったところで湯船に浸かりましょう」

身体のスベスベに浮かれていて、メインイベントのことをすっかり忘れていた。

全身が水に包まれるのには不安があったけれど、入ってみればなんのその。むしろ気持ち良すぎて超天国だ。

「世の中の人たちってみんな、こんなに幸せなことを体験しているのかぁ」

「さすがに現在の状況では無理ですね。それに、浴場は各家庭にあるわけではありませんよ。そもそも生き抜くことに必死ですから――」

アクアはしまったというような顔をしながら口に手をあてた。

だが、ときすでに遅し。

まさかリバーサイド王国が本当に噂どおり、贅沢などできない国だとは。

「フラフレ様が気にすることではありませんからね！」

「そう言われても……」

大浴場の窓から外を見ると、今もなお雨が降り続いている。

だが、私の聖なる力はもう使えない。

それなのに私だけこんな贅沢をさせてもらうのは、さすがに気が引けてしまう。

ハーベスト王国を追放されるとき、民衆の中に『あの女が、一人だけ王宮で良い思いをしてきたって噂の、孤児院出身の聖女だ』と言っている人がいたのを覚えている。

あのときは理不尽だと思った。力を搾取し尽くされたうえに、私が過ごしたのは地下牢だったんだから。今は聖女の力もないのに、こんなに優遇してもらっている。一人だけ王宮で良い思いをしている、税金泥棒……。

「フォルスト陛下はどうして私なんかに良くしてくださるのか……」

「人を助けるのに理由や理屈などありませんよ」

アクアが私の手をそっと握る。こんなふうに人と触れたのはいつぶりだろう。

「陛下はフラフレ様が倒れているところを偶然発見し、助けることにしました。そして主な原因が栄養失調であると知り、中途半端に助けるのではなく、完全に元気になるまで王宮で保護しようと判断したのです」

「なんて優しい王様なんだろう……」

「だからフラフレ様がするべきことは、元気になることですよ。そのためにはよく食べてよく休むのです」

「ありがとう……。元気になったら、なにか恩返しがしたい！」

「お気持ちだけで十分です。陛下は見返りを求めるお方ではありませんよ」

アクアからフォルスト陛下のことを聞き、胸になにかが刺さるような不思議な感覚があった。

そして、心拍数が上がっている。

湯船に浸かった影響かな。

フラフレがハーベスト王国からいなくなって数日後。雨がしとしと降り続けている。

「ふむ、今日も雨か。たまには雨も降らないと、農作物が育たぬからな」

「伯父様。もっと喜ぶべきよ？　孤児院出身の分際で聖女のふりをしてた女を、ようやく廃棄処分できたんです。明日からこの私が聖なる力を発揮してみせますわ」

「それもそうだな。王族の血が流れているミーリのような聖女がもう少し早く現れてくれれば、孤児院のゴミであるフラフレなど飼うこともなかったのだが」

「私たちよりちょっと早く生まれたからって……。忌々しいゴミですこと」

聖女であるミーリ＝ハーベスト公爵令嬢。ハーベスト王国には現在、ミーリを中心に三人の貴族聖女がいる。

ジャルパル国王や貴族聖女たちにとってフラフレの存在はまさに目の上のこぶで、予定では地下牢獄で餓死させるつもりだった。

だが、フラフレはしぶとく、なかなか息絶えなかった。

やがてジャルパルはフラフレが聖なる力を失ったと知り、彼女が他国へ渡っても問題ないと考えて、国外追放という措置を取ったのだ。

「ようやく邪魔者を廃棄処分できた。これからは貴族聖女が国を護っていくのだ」

「……伯父様にお願いがあるのですが」

「なんでも申してみよ。今の私はとても気分が良い」

「私たち聖女の報酬を上げてもらえませんか？」

「なんだと？」

ミーリは己の力を確信している。

ろくに祈りもしていないのに、天気は常に晴れ。今まで無意識にミーリが聖なる力を発動していて、今後も楽に晴れさせられる。

彼女はそう確信しており、自信に満ちているのだ。

「孤児院のゴミの力なんて微々たるものだったけど、貢献はしていたんでしょう？　それが私たちだけで、となると、それなりに負担も増えるわけで」

「まさか、あんな廃棄するような女の力を認めるとでもいうのか？」

「いえ、そうではありませんが、理屈だけで言えば、一人の力を私たちが補うようなものですし。報酬しだいでやる気も上がりますよ？」

「うむ……、まあ良かろう。国費の分配を貴族側にあてられると考えればむしろ好都合かもしれぬ」

「では、今までの倍額で」

「なっ……？」

ミーリはフラフレにそれほどの価値があるなどとは微塵も思っていない。

だが、値上げの交渉に利用するには、十分な存在ではあるのだ。

自らの欲望のためにフラフレを利用し、ジャルパルとの交渉を続ける。

「やる気が出ないと、このまま雨が降り続いちゃうかもしれませんし……」

「うむ……。わかった。では本日より、聖女報酬は全員倍額に上げるとしよう」

「さすが伯父様ですわ。しっかりと毎日祈りますね」

ミーリは、やがて勝手に晴れるだろうという軽い気持ちで交渉を成立させた。この交渉で責任がどれだけ重いものになるのかなど、まるで理解していない。

ミーリを含む三人の聖女だけでは、王都に晴れ間を作ることすらできないということを、このあと彼女たちは知ることになるだろう。

「アクアよ、フラフレ殿のことをどう思った？」

フォルストは王室にて、初日の任務を終えたアクアと一日の出来事について話し合っていた。

「とても良い子だとは思います」

「ふむ」

「助けられたことを感謝し、陛下に恩返しがしたいともおっしゃっていました。陛下がフラフレ様を助けたことは大変素晴らしいことだと思います」

アクアは今までも、フォルストが助けた人たちの世話係をしてきた。いつもは食事の用意や怪我の手当てをする程度で、今回のように専属メイドを務めるのは初めてだ。

だからこそ、アクアはフォルストに対して疑問を抱いている。

「……ですが、あくまで国として考えたときに、陛下がなぜ彼女を優遇するのか私には理解できません」

「そうだろうな……」

「陛下が優しいことは存じております。しかし、理由もなく彼女だけを特別扱いされては、リバーサイド王国の民たちへの示しがつきません」

フォルストは、アクアが言うことに黙って耳を傾ける。

「民たちが皆、満足できる生活ができているのなら、倒れていたフラフレ様を王宮でもてなすのも構いません。ですが現在は深刻な食料不足。国外の人間ただ一人に満足のいく食事を与える、という行為が民たちに知られれば、不満の声が上がりますよ？」

フォルストはアクアの不満を全て聞き、頭を下げて謝罪の意を示した。

「アクアが言うことはわかる。私自身も、彼女を拾った当初は、王宮へ連れていき最低限の治療と食事を与える程度のつもりでいたのだ。だが、国へ戻る最中にフラフレ殿が眠っている顔を見ていたら……」

フォルストは、人が道端で倒れていたら助けずにはいられない性格である。

だが今回は、フォルストも自身の決断や行動に困惑していた。どうしてフラフレに限って普段よりも手厚い待遇をするのか、明確な答えが出ていないのである。

「……恋ですか？」

「さすがに違うわっ！」

「顔が赤いですけれど」

「恋ではない。だが……、似ているんだ」

フォルストは、決して私利私欲のためにフラフレを丁重に扱っているわけではない。そのことは、長年のつき合いがあるアクアが一番理解していた。

だからこそ、アクアはフォルストに対して恋の進展を勧めようとする。

「あぁ、陛下がずっと探していたという想い人ですか？　つまり、似ている相手で代用する、浮気同然――」

「だから違うわっ！」

フォルストにとってアクアは、思っていることを素直に話せる唯一の人物なのだ。何度もからかわれてきたからこそ、アクアに対する信頼が厚い。

「アクアよ、私は元々この国の人間ではないのに、気がつけば国王の座についてしまった。ここで育てられた恩を全ての民へ返したいと思っている。決してフラフレ殿だけを特別扱いしたいというわけではないのだ。ただ……、運命だと思ってしまった」

「だから、それはれっきとした恋ですよ」

「いや、そうではないと思う。彼女だけは、絶対に救わなければならない。そう私の頭が強く訴えていたのだよ。なぜだかはわからぬが」

　フォルストは理屈ではなく感覚で行動する。

　国王たるものがそれで良いのかと就任当初は心配されてきたが、なにかとこの感覚が功を成し続けてきたため、今ではフォルストの行動に文句を言う者は少なくなった。

「ふぅ。まぁこれ以上陛下を責めるのはやめておきますか。理由はどうあれ、陛下は一人の女の子の命を救い、元気にしようとしている。これは今のリバーサイド王国では陛下しかできないでしょう」

「すまない。フラフレ殿にかけた食材や経費は、全て私が責任を持って用意する」

「その気持ちがあるだけでも、民たちはわかってくれると思いますよ。今の民は陛下に対する信頼が厚いですから」

「ありがとう。アクアには、引き続きフラフレの世話を頼む」

　お互いの主張が終わったところで二人はそれぞれのカップに口をつけた。

　一息ついたところで、ふいにアクアが口を開く。

「そういえば、フラフレ様の件でひとつ気になったことが――」

「フラフレ殿になにかあったのか？」

　フォルストがカップを置いて話すように促すと、アクアは言いづらそうに続ける。

「えぇと……、フラフレ様は虐待され捨てられたのではないかと……」

「なんだと⁉」

虐待。捨てられる。

このふたつの言葉をフォルストが聞いた瞬間、大きな声が部屋中に響き渡った。

「大浴場に一緒に入りたいと希望されたので、裸のつき合いをしました。そのとき、フラフレ様の身体中にものすごいアザがありまして……」

「殴られたということか？」

「はい、おそらく。しかも、今回はなかなか、とおっしゃっていました。つまり、あの怪我は一度だけではなく、何度もくり返し負われたものかと……」

フォルストは怒りを見せたものの、すぐに冷静になりフラフレの様子を思い出す。

「ありえる。彼女は身体が相当なまでに痩せこけていて、栄養失調。さらに身嗜（みだしな）みもボロボロだったな」

「仮にそうだとして、なぜ私たちに助けを求めようとしないのでしょうか」

「う～む……、告げ口をすれば殺すと脅されている。もしくは長きにわたって周りから酷く扱われ、人間不信。あるいは相手に迷惑をかけるからと遠慮している……」

「どれも陛下の過去そのものですね」

フォルストは苦笑いを浮かべながら、再びカップに手をつける。

アクアとの会話のおかげで、自分がフラフレを徹底して助けたいと決意した理由に気がついたのだ。

「あまり過去のことは引き合いに出さないでほしい。だが、アクアに言われてようやくわかった。フラフレ殿は昔の私と似ていたから、似たようなことをくり返しているのかもしれないな。私がかつてこの国の陛下に助けられたように」

「ではフラフレ様は将来、王妃になるかもしれませんね。陛下とオメデタですね」

「う～む……」

フォルストは黙り込んで顔を赤くする。それを見たアクアは満足そうにフッと笑みをこぼした。フォルストの伴侶になる者がようやく見つかったかもしれないと。アクアもまた、フォルストの感覚による行動に期待しているのだ。

「今度は否定しないのですね」

「からかうでないっ！　ともかく、フラフレ殿の過去は無理に聞かなくて良い。元気になってもらえるよう、なにかやってみたいことはないか、フラフレ殿に聞いてくれ。そして、希望はできる限り叶えてやってほしい」

「承知しました」

アクアは王室を出ると、さっそくフラフレを保護している客室へ向かった。

フォルストのように救われてほしい。いや、自分たちが救うのだ、という覚悟をもって。

第二章　フラフレの農作業生活

　昨日と同じように豪華な夕食をいただいたあと、私はしばらく居候させていただく客室へ戻った。

　診療室よりもさらにふかふかそうなベッドにまず注目する。今すぐにでも飛び込みたい。

　しかもそれだけではない！

　テーブルや椅子、用を足す個室や、簡易浴室まで整っているのだ。さすが王宮の客室というだけあって、豪華すぎる。

　だからこそ、私は窓から外の景色を眺めながら、悩んでしまった。

（聖なる力って一度使えなくなっても回復するのかな。すぐにでも使いたいのに）

　地下牢に入っていたとき、毎朝聖なる力を発動してからコッソリ野菜を育てるのが日課だった。もしかしたら、毎日やっていたことをくり返すことで力を取り戻せるかもしれない。

　もう寝る前だけれど、ダメ元でやってみよう。そう決心したとき、部屋のドアが鳴った。

「遅くに申しわけありません。アクアです」

「謝らなくても……。どうしたの？」

ちょっと部屋へ入ってきただけなのに、アクアは頭を深く下げた。気遣いされることに慣れていない私は、まったく気にもとめないようなことで謝られるといたたまれない気持ちになる。

「フラフレ様の明日のご予定をお伝えしに来ました」

「あ、はい！」

「朝食を終えたあと、医師の診断を受けていただきます。そのあと、診断の結果しだいにはなりますが、やりたいことがあれば可能な限り叶えるよう、陛下がおっしゃっています」

「やりたいこと……」

「はい。食べたいもの、読書や花見、どこか行きたい場所などあれば」

「うーん……」

そこまでしてもらわなくても良いんだけれどなぁ。十分すぎるくらい助けていただいているうえに余計な迷惑はかけたくない。

フォルスト陛下は優しすぎる。この二日間、厚い待遇を受けて心配になった。

もし、私がハーベスト王国でされてきたことがバレてしまったら、怒って宣戦布告なんてこともありえる。

「どうかされましたか？」

アクアがさらに聞いてきた。断りすぎて変に思われたら、私のことを探られかねない。

せっかくだから、フォルスト陛下たちに喜んでもらえそうなことを提案しよう。私自身がやりたいことでもあるんだけれどね。

「野菜の種か葉っぱを少し分けてほしいな」

「はい？」

「欲を言えば、ジャガイモみたいに土の中で育つものだったらさらに良いなぁ」

アクアは、なにがなんだかわからないような表情をしている。

だが、話しはじめたらつい熱が入ってしまう。

「農作業がしたいの！」

「はぁいっ？」

アクアがものすごく驚いている。もちろん、私の気持ちに嘘はない。

真剣な表情で訴えると、アクアは深くため息をはいた。

「色々とツッコみたいところもございますが……。農作業がお望みでしたら、王宮の裏庭に広い農園があります。陛下に許可を得るのは容易(たやす)いかと思うので可能でしょう」

「やったぁぁぁあああ！」

「しかし……、見てのとおり現在も雨が降り続き、農園としてまったく機能していません。そのうえ、作業をすればフラフレ様が泥まみれになってしまいます」

「う、うん……」

やはり農作業は厳しいか。せめて、土さえあれば屋内でも良いんだけれど。

そう伝えようとしたら、私の常識を覆すようなことを言われてしまった。

「……失礼ながら、農作業の知識はおありでしょうか？　野菜の葉っぱを植えても育ちませんよ？」

「え？」

地下牢にいたときは、食料支給で出てくる葉っぱをコッソリ植えて育てていた。土に負担をかけたくなかったから、私が生きられる最低限で育てていたけれど。

「それに、モノにもよりますが、種をまいてから育つまでに数週間はかかるでしょう」

「ん？　んん～？」

私が育てたときは、どの野菜も遅くとも三日で食べられるくらいには成長していた。ハーベスト王国の土の質が良すぎたのだろうか。

「土によって育ち方が全然違うのかなぁ。私が育てていたときはもっと早かったよ？　葉っぱからでも……」

「土の質に差があったとしても、葉っぱから育つことはないかと……」

いくらアクアが否定してきても、こればかりは認められなかった。毎日コッソリと育てて、食べていたのだから。

「……まぁ自然と触れ合うこと自体は良いと思うので、陛下にお伝えします」

「ありがとう！」

「ただし、現在は種も貴重品です。お渡しするのは少量になってしまうかと……」

「野菜の食べ残しや、芯とか捨てている部分さえもらえれば大丈夫だよ」

「は、はぁ……。フラフレ様がそうおっしゃるのであれば」

やったぁぁぁぁあああ！

久しぶりに野菜を育てられるんだ！　土と触れ合える！

「許可は下りるでしょう。それでは、本日は失礼します」

アクアが部屋から出ていったあと、私はベッドの上へダイブした。さらに左右へゴロゴロ回転してから枕をギュッと抱きしめた。

「むふふふふふふふぅぅぅぅうう～♪」

（明日は土と遊べるんだぁ～）

ふと、ベッドでごろんごろんしながら窓の方面を向く。雨が降っていることを思い出した。

「あ、いけない！　リハビリしなきゃ！」

すぐに窓の近くまで行き、空を眺めながら祈った。

毎日聖なる力を使うイメージをしておけば、そのうち回復できるよね。

『どうか、リバーサイド王国と太陽が仲良くなってくれますように……』

さて、やるべきことはやった。再びベッドにゴロンとダイブする。

久しぶりに祈ったからなのか、ちょっと疲れた気がする。でも、このベッドで寝たら疲労なんてなんのその！

「うぅぅぅん……」

ワクワクして、寝られないかもしれない。

そう思っていたが、ベッドのフカフカには勝てない。

ベッドで横になったら、すぐにグッスリと眠りへ落ちていった。


「起きてくださいフラフレ様！」

「……ふぴゃぁ？」

地下牢の中がフカフカ～。

可愛い女の子の声も聞こえてきたぁ～。

「夢の世界を満喫のところ申しわけありませんが、……至急起きてくださいっ！」

「むはっ！」

大きな声を耳元で聞き、さすがに目が覚めた。

ビックリした……。

「無理に起こしてしまい申しわけありません。大至急、外を見ていただきたいのです！」

よだれまみれの口周りを腕で拭きながら、窓に視線を向けた。

「んー？　……あ！　雨がやんでいるね」

「リバーサイド王国で雨がやむのは珍しいのですよ！　きっと、フラフレ様の農業をやりたいという願いが通じたのでしょう」

ベッドから降りて、窓から外を眺めてみる。雨はやんでいるが、太陽は姿を現していない。

つまり、私の力によるものではなく、偶然だと確信した。

（本当に聖なる力はなくなっちゃったんだなぁ……）

ちょっと残念ではあるが、聖なる力が戻るようにこれからは毎朝祈ろう。

今はアクアがそばにいるものの、この祈りはいつも朝起きてすぐにやっていたこと。もう効果などないだろうけれど、気にせずにはじめる。

『どうか、リバーサイド王国と太陽が仲良くなってくれますように……』

「おぉ……、フラフレ様も祈りを捧げるのですね」

「も？　この行為を知っているの？」

「はい。陛下がよくやっていますよ」

「フォルスト陛下が？」

「陛下曰く、昔の恩人がやっていたそうです。その人を忘れないように、フラフレ様と同じことをしていますよ。効果は見込めなくても、続けていたらひょっとして国が良くなるのではないか、という願いもあるそうです」

　フォルスト陛下にも私と同じように恩人がいることを知って、親近感が湧いた。

　だが私の恩人は、もうずっと前から生きているのかさえわからないままだ。せっかく外の世界に出られたのだから、いつか会えたら嬉しい。

「ところで、私が着ていたボロの服はある？　土と触れ合うから、汚れちゃっても良い格好になりたいなって」

「フラフレ様がここへ来たときの服は綺麗に洗いました。しかしところどころに穴が開いていたり、カビが取れなかったりで……。もしよろしければ、ジャージ等もありますからそちらを着てみては？」

「ジャージ？」

「実物を見たほうが早いかもしれませんね。お持ちするので少々お待ちください」

　また初めて聞くものだ。

せめて日常的に使いそうな言葉くらいは覚えておかなきゃいけないだろう。本を買いたいから、仕事を探さなきゃ。

しばらく待っていると、アクアがジャージという服を手に持って戻ってきた。

「こちらがジャージです。運動をするときによく着用されます。また、リバーサイド王国では農業や建築など、主に身体を動かす仕事で愛用されていますよ」

「動きやすそう……。着ても良いの？」

「もちろんです」

私はジャージに着替え、予想以上の動きやすさに感動した。

汚れても良いことが大前提で作られているのを知ると、さらにウキウキしてくる。これなら土の上にダイブだってできちゃう！

「早く農園に行きたい！」

「はいはい……、農園は逃げたりしませんから。まずは、動くためのエネルギーを補給しましょう。朝食の準備も整っています」

「ありがとう」

フォルスト陛下は忙しいようで、一緒に食べることはできなかった。

朝食を少し急いで食べ、すぐに念願の農園へと向かう。

「うわぁぁぁぁあああああ！　広いっ！」

今まで地下牢で見ていた土とは比べものにならないほどの広大な農園。

私はアクアがとめる間もなく、思いっきり土へ向かってダイブした。

ベチャ。

想定していたよりも、土がべちょべちょだ。農園に来てさっそく身体中がどろんこまみれになってしまった。

「はぁ……。フラフレ様はなんとも大胆な……」

「土がすごく湿ってる。水分が多すぎるみたいだね」

「ずっと雨でしたから」

「雲には悪いけれど少しだけどいてもらって、太陽が顔を出してくれれば土も元気になりそうなんだよなぁ」

もう一度、ダメ元で祈りを捧げてみる。慣れ親しんだ土の上での祈りはやりやすい感じがする。

「ふぅ……ふぅ、あれ？　おかしいな……」

急に体力がごっそりと奪われていくような感覚があった。土の上にゴロンと横になって身体を休める。

ふと空を見上げると、今にも雨が降りそうだった雲が、ゆっくりと遠ざかっていく。まるで、リバーサイド王国の王宮を中心として避けてくれるかのように。

もう少し眺めていると、今度は私の身体にあたたかい光が差す。

太陽の光だ。

「うーん、気持ち良い」

「……太陽が姿を現すなんて、いったいいつぶりでしょう」

ずっと地下牢生活だったから、太陽の光を浴びること自体が久しぶりだ。とても心地良く、あたたかく、生命力を分けてもらった気分だ。

ついさっきまで体力切れだったのが嘘だったかのように、元気が出てきた！

「さぁて、天気も良くなってきたし……。育てるぞぉぉぉ！」

「で……ですからフラフレ様。葉っぱを植えても……」

「良いから良いからー、これで今まで生き抜いてきたん……こほん、芽生えなくても土の栄養源にはなるから」

「まぁ……、お好きなようにお楽しみください」

アクアは手をおでこにあてながら、あちゃーという様子で見ている。

私は気にせず、もらってきた野菜の葉っぱや、料理で余った芯や皮、さらに貴重な種もほんの少しだけ、広い農園の隅から隅まで満遍(まんべん)なく埋めた。

『どうか、この農園で美味しくて栄養のある野菜が育ちますように』

野菜を植えたあとは、いつもやっていたように、土にお礼をしながら応援する。顔を地面にあてているから顔中がどろんこまみれだ。

だが、この土の匂いがたまらなく良い！　これこそ私の生きがいだと心の底から思う。

ふとアクアを見ると、口を大きく開き、完全に呆れているようだった。

「……お、お楽しみいただけましたか？」

「うんっ！　とっても良い土と出逢えたよ。本当にありがとう！」

アクアはフッと軽い笑みを見せてくれた。私自身は土が顔にくっついていても別に構わない。

だが、さすがに王宮内でどろんこまみれは申しわけないと思う。

「良かったですね。戻ったらお風呂に入って、着替えましょう」

アクアの言うとおりに、王宮内へ戻った私は真っ先に大浴場へ行った。気持ち良すぎて天国だった。

窓越しに外を見ると、すっかり太陽に照らされて良い天気になっている。私の聖なる力は、復活したとしても不要かもしれない。

けれど今までの日課だったし、これからも毎朝祈ることにしよう。

アクアは、フラフレという不思議な女の子が王宮に来たことでワクワクしていた。

最初は『フォルスト陛下がまた人助けで貧民街の住人を連れてきたのでしょう』くらいにしか考えておらず、一般教養を学んでもらえば今後仕事も自力でできるようになり、いずれは国のためになると思っていた。

だが、アクアが思っていたことはあっさり覆（くつがえ）された。

フラフレは常識知らずにしては度が過ぎ、今までなにも知らなかったのだ。なにに対しても感動し、土しかない農園に行った瞬間には目の色が変わっていた。

アクアには、フラフレが、土……いや、それだけではなく、空を見上げたときに太陽と対話している女の子に見えた。

今ではフラフレのことを、磨いたらとびきり輝く宝石のようだと感じている。

「……と、いう具合で、以上のようなことがありました」

「ふむ……」

フォルストはアクアから、フラフレの一日の出来事を細かく報告された。彼もまた、フラフレに対し、不思議な女の子だ、という認識に変わっていた。

「フラフレ殿が農園で遊びたいと言ったときもそうだが、それ以上に、野菜の種以外を植えて育てるから分けてほしいというのを聞いたときは驚いた」

「育つことはありません、と何度もお伝えしましたが、フラフレ様はニコニコしながらそれでもほしいとおっしゃっていましたね」

「まったくもって不思議な子だ。しかも、彼女が農園に行きたいと希望した当日、奇跡的に雨がやんだ。これなら野菜の種植えもできるかと思い、少しばかり種も渡したのだが」

「フラフレ様は農園にいる間、本当に楽しそうでした。農作業が趣味なのでしょうか」

雨があまりにも長く降り続いたため、王宮の農園担当は別の任務についている。ようやく晴れ間が見えて農作業再開のチャンスなのに、手の空いている者がいない。フラフレが楽しく農作業をやるのならば、彼女に任せてみても良いかとフォルストは閃いた。

「フラフレ殿が希望するなら、王宮の裏の農園はしばらく好きに使わせても構わぬな……。まだ本来の使い道はないだろうがな」

「あら、陛下はそう言ってフラフレ様を近くに置いておきたいとお考えで？」

「違うわっ！」

「またまたぁ〜、顔が赤いですよ？　農園で土と戯れているあのフラフレ様を見たら、きっと見惚れると思いますよ。それくらい彼女はキラキラしているんです」

「ふむ……。今度見に行ってみるか……」

フォルストもまた、フラフレという不思議な存在に興味を持っている。

フォルストの部屋で二人がいつものように会議をしていると、ドア越しに農林大臣の慌ただしい声が届く。

「陛下！　裏庭に大至急来ていただけませんか？」

「どうしたのだ？」

「奇跡です！」

フォルストとアクアは顔を見合わせる。

「「まさか……」」

二人は農林大臣と共に王宮の裏庭へ走って向かった。


「いつ種まきをしたのでしょう？　この育ち方から見て、少なくとも一ヶ月はかかるはずです。いつの間にかこんなに……」

フォルストは、農林大臣が慌てて呼びにきた理由に納得した。フラフレのことはまだ王宮内では周知されていない。

まして、枯れ果てていた農園で、昼間に一人の女の子がどろんこまみれになりながら、きゃっきゃ、きゃっきゃと種まきしていたことなどほとんど知られていないのだ。

農園の状況を見たフォルストとアクアは、フラフレが奇跡を起こしたと確信した。

「これほどまでに立派な野菜は見たことがないな……」

「食べたらとびきり美味しそうですねぇ……。フラ――」

「アクアよ、ひとまず部屋へ戻ってから話をしたい！」

「も、申しわけありません」

フォルストが話を遮るのは珍しい。アクアはなにかマズいことを言ってしまったのだろうかと困惑する。

「農林大臣よ、収穫したい気持ちはわかるが外はもう暗い。ひとまず明日まで、私の指示を待って行動してもらいたい」

「は、はぁ。承知いたしました」

農林大臣は、フォルストの命令を不思議に思いながらも頷いた。

今までも、理解できないような命令を、フォルストが下すことは度々あったが、どの命令も結果的に良い方向へ向かった。

今回もなにかしらの理由があるのだろうと農林大臣は気がついたのだ。

フォルストとアクアは、元の部屋へ戻ってからこの奇跡について話すことにした。

「不思議なお方です。そういえば、フラフレ様が来てからですね。晴れたのも」

「確信した。フラフレ殿は聖女だ。それもかなりの力を持った……」

「私も同感です。まさか種をまいた当日に実がなるとは……。フラフレ様があれだけ自信を持っていたのも納得しました」

「あぁ。彼女には、野菜のごく一部から、種と同様に育てるほどの力がある……。もしかしたらこの天気も……」

「聖女だとしか思えませんね。ですが、これほど規格外の力は……、いくら聖女だといっても聞いたことがありません」

なぜ聖女であるフラフレが、ハーベスト王国付近の荒野で行き倒れていたのか。二人からすれば、フラフレの存在や生き方についての謎は深まるばかりだ。

だが、フォルストは経緯云々よりも優先して、今のフラフレのことを考えていた。

「アクアよ。すまぬが……彼女が聖女かもしれないということは私たちだけの秘密とし、決してフラフレ殿にも問うようなことはしないでほしい」

「なぜですか……？　この国の救世主かもしれないというのに」

アクアは、フラフレに一筋の希望を見出した。リバーサイド王国はフラフレの力で救われるのではないかと。

「それが問題なのだ。彼女は聖女でありながら、荒野で倒れていた。なんらかの理由で国から逃げ出した、もしくは捨てられてしまったのだろう。聖女だと知られれば皆がフラフレ殿の力に期待する。だが、今の彼女に負担をかけたくない。なにより、力を使うかどうかは彼女しだい。我々が無理強いするのはダメだ」

「本当に……、陛下は優しいのですね」

「強制されるつらさは身に染みて理解しているからな……」

フォルストは幼少のころを思い出す。

だが、それもすぐに心の中にしまいこんだ。

「ところで、これほどの聖なる力を使えるようになったということは、フラフレ殿の体調は良くなったのか？」

「時折フラつく場面も見受けられましたが、顔色はずいぶんと良くなりました」

「そうか……」

まだ体力も回復していないのに、あれほどの野菜が半日で育った。フラフレが規格外の力を持っていることは明白だ。

だからこそ、フォルストは違和感を覚えた。

「不思議だと思わぬか？」

「フラフレ様のことですか？」

「彼女は我々から見ても聖女だと理解できる。聖女ともなればハーベスト王国でも重宝されるはずだ。それなのに、見つけたときは今にも死にそうな状態だった……」

「調べますか？　これはリバーサイド王国にとっても、ハーベスト王国との関わり方を考え直す必要が出てくるかもしれません」

「そうだな。現状ではどうしてもハーベスト王国の物資が必要になってしまう。ゆえに法外な価格で食料だけでも仕入れている。国交断絶は避けたいのだがな……」

フォルストに重い腰を上げるときがやってきた。

リバーサイド王国にとってハーベスト王国の物資は非常に大事だが、関わるとろくなことにならないかもしれないという心配のほうが勝ったのだ。

「ともかく、まずはフラフレ殿の体調を完全に回復させることだけに努めよ」

「承知しました。では、裏庭の農園はしばらくフラフレ様の好きにさせても？」

「無論だ。フラフレ殿が元気になれるのなら、いくらでも使って構わない。それから、彼女が作った野菜に関しては、彼女の意向に任せる。できれば買い取りたいが」

「はい。しかし、あれほどの量と質になると、今の相場や農園の規模から想定して、五十枚ほどの金貨が必要になるかと……」

金貨二枚は、リバーサイド王国の平民の初任給ほどで、一ヶ月は生活できる。つまりフラフレは約二年分の年収を半日で生産してしまったのだ。

だがフォルストは、金貨を何枚払ったとしても、民衆の飢えをしのげるのであれば構わないと考えている。

「それくらい価値あるものをフラフレ殿は作ったのだ。私が自腹で支払おう。もしも交渉が成立した場合は、野菜は買い取ったのち、至急民衆に配給するように」

「はぁ……。毎度のことながら、陛下の器の広さときたら呆れるほどです」

「せめてもの感謝の気持ちだ。私はこのリバーサイド王国に救われたのだからな」

フォルストはまた幼少期のことを思い出した。

フラフレもこの国のあたたかさに触れて、元気になってほしい。そう想いながら。

農園で土を満喫した翌日、私はまたまた美味しい食事をご馳走になっている。
しかも、今日はフォルスト陛下と一緒なのだ。大事な話があるそうで、わざわざ私に合わせ

て時間を作ってくださったそうだ。

「フラフレ殿はいつも美味しそうに食べるよな」

「はひ？　ほりゃーおいひいへふはら」

「……ひとまず飲み込んでから喋りたまえ」

「ふみまへん！」

「謝罪も飲み込んでからな」

口の中に詰め込んだ美味しいお肉を、惜しみながらも飲み込んだ。もっと味わいたかったのに、もったいない……。

「食べながら喋ってしまい申しわけありません」

「いや、タイミング悪く私が話しかけたのがいけなかった。互いに気をつけよう」

「お気遣いありがとうございます」

早くフォルスト陛下とお話をしたくて、私は大急ぎで美味しいものたちを口の中へ詰め込んでいった。

「……そんなに急いで食べずとも良いのだが……」

「へ、へも……」

あ、無意識でまた、口の中に食べ物が入っているのに返事をしてしまった。私はモグモグしながら、何度もペコペコと謝罪をする。

「フラフレ殿よ、食べながら謝るのは感心しないな。急ぐ必要はないのだ。ゆっくり味わって食べ、食事が終わってから本題に入ろう」

「は……、はい。食事の礼儀もろくに知らなくて申しわけありません」

「気にせずとも良い。こういう場で食べたことがなかったのだろう？」

「教えてくださったので、今後は口の中に食べ物を入れた状態では喋らないように気をつけたいと思います」

「うむ。フラフレ殿は素直なのだな」

フォルスト陛下が微笑みながら、ゆっくりと飲み物に口をつける。

その容姿でその笑顔は反則だって。私は逃げるようにすぐに顔を下げ、食事に集中した。

朝からお肉をたくさん食べて、美味しい野菜サラダとスープも、紅茶というとても良い香りの飲み物もいただき、おなかがぽんぽんになった。

「ごちそうさまでした」

「フラフレ殿は本当に美味しそうに食べるのだな。見る者の笑顔を誘う」

「だって、こんなに美味しいご馳走ですから。生きていて幸せって思えますもの」

「ならば良かった。幸せと思うことができれば回復も早いだろう。顔色はずいぶんと良くなったように見えるが、体調はどうなのだ？」

「フォルスト陛下たちのおかげでかなり元気になりました。ありがとうございます」

「体力が回復するまではゆっくりしていくと良い。……ところでひとつ、フラフレ殿に交渉したいことがある」

「え？」

フォルスト陛下は言いながら、小さな革袋を取り出した。中身はわからないが、大きさのわりにずっしりしている。

なにが入っているのだろうか。

「本題に入ろうか。中には金貨が五十枚入っている。これで、フラフレ殿が作った野菜を買い取らせてほしいのだ」

フォルスト陛下は中身を取り出して、金貨を見せてくれた。

平らでピカピカしたそれは手のひらサイズで、稲穂を咥（くわ）えた鳥の絵が彫刻されている。その美しさについ見惚れてしまった。

「綺麗な石ですね～。同じようなものがいっぱいですし、一枚だけいただきます」

「記念品ではないわっ！　……まさか、金貨の価値をわかっていないのか？　金貨が五十枚あれば、概ね二年は一般的な生活ができる額だ」

そう言われても、実感が湧かない。

そもそも、あの野菜に何年も生活できてしまうほどの価値があるのだろうか。ピカピカしていて綺麗だし、飾っておきたいとは思うけれど。

「フラフレ殿よ。キミは王宮の裏庭にある、状態の悪い農園で、非常に見事な野菜を育ててくれた。それもたったの一日で……。この功績はとんでもないことなのだよ」

「うーん、あまり実感は湧かないですね。毎日生き抜くため……こほん、毎日趣味で野菜を育てていましたから。ずっと農園で野菜を育てられたら最高なんですけれど」

「本当か？　むしろ、交渉したいのはその件だ。フラフレ殿が農作業を望んでいるのならば、ずっと王宮にいてくれると助かる。それくらい、キミの成果は素晴らしい！」

思いもよらない提案をされて、私の目はさぞギラギラ輝いたことだろう。

つい、フォルスト陛下の顔の近くまで近づいて再度確認を取る。

「毎日野菜を育てられるうえに、王宮にいても良いのですか？」

「無論だ。フラフレ殿の功績を考えれば、むしろこちらから頼もうとしていた」

「つまり……、しばらくは土と遊んでいられるのですね……。ううぅっ！」

嬉しさのあまり、うっすらと涙を浮かべてしまった。

「フラフレ殿は本当に不思議な子だな。ところで金貨は受け取ってくれるか？」

「あぁ……野菜を買い取るとおっしゃいましたね」

「うむ。もちろん全て大事に使わせてもらう。主に民間人へ配給する予定だ」

「どういうことですか？」

「実はな――」

フォルスト陛下が、詳しく話してくれた。

リバーサイド王国はずっと雨が降り続けていたため作物がかなり育ちづらく、ハーベスト王国から高額で食料を仕入れてきたこと。

それでも満足のいく食材は確保できず、私が作った野菜はとても貴重だという。

「そうだったのですね……」

「今までは恥を忍んで、国の宝を金の代わりに支払い、野菜を仕入れていた。だが私はハーベスト王国との不当な交易は続けたくない。フラフレ殿、キミから野菜を買い取りたいのだ」

「はい？　なぜそこまで？」

「それだけフラフレ殿の作った野菜には価値がある。実は少しだけ見させてもらったのだが、野菜の色、見た目、ハリ等、どれを取っても素晴らしかった」

私は足りない頭で頑張って考えてみた。

「昨日育てた野菜は全てお渡しします。代金に金貨一枚いただこうかと思います」

「たった一枚だと……？」

「しばらく毎日野菜を育てますので、その野菜分も込みで」

「いくらなんでも安すぎるだろう……」

フォルスト陛下たちからこんなに厚い待遇を受けているのだから、私だってなにか協力したい気持ちになる。せめて国のお金を大事にしてもらいたい、そう思った。

それに、そもそも私はお金よりもっと良いものをいただけているのだ。

「私も王宮にいさせていただけるのですし、農作業は趣味ですから。自分が作った野菜を誰かが食べてくれるなんて、こんなに嬉しいことは経験したことがありません。でも……、この金貨はとても綺麗で気に入ってしまったので、一枚だけいただいて、部屋に飾っておきたいなって……。ワガママで申しわけありません」

「か、飾る？　欲がなさすぎる……。まったくもって驚かされてばかりだ」

「ところで野菜なんですが、今日お渡しする量は半分でもよろしいですか？」

「いただけるのならいくらでも構わぬが、いったい半分もどうするというのだ？」

「全部葉っぱをちぎり、土に植えて再び育てようかと」

野菜育成の話をはじめた途端、どんどんヒートアップしていることに気がつかず、ひたすら説明をはじめる。

「葉っぱの部分でも良いんですけれどね、特に芯の部分を植えると、とーっても立派に育ちやすいんですよ～！　あ、でも昨日いただいた種から育てた野菜も良い感じになったかと思います。野菜は採れたてを水で軽く洗ってからそのままガブッとした瞬間がもうたまらなくて～……って、あ……」

つい、夢中になってしまった。

フォルスト陛下を、終始無言の聞き手にさせてしまったのだ。顔が若干赤いような。もしかしたら、怒らせてしまったのかもしれない。

ジャルパル陛下が顔を真っ赤にさせないようにしていたときのことを思い出した。

「変な話ばかりしてしまい申しわけありません……」

「なぜ謝るのだ？　フラフレ殿は本当に野菜や農作業が好きなのだなと、感心しながら聞いていたのだが」

「え……、でも顔が少し赤く……」

「いや、それは気のせいだ！」

急に声が大きくなったから少し驚いてしまった。今度こそ怒らせてしまったようだ。

だが、どうしてこのタイミングで声を荒げるのか、私にはまったくわからない。

「大声を出してすまぬ。だが、やはり報酬は正当な額だから受け取ってもらいたい。そうしないと国としても示しがつかぬ」

「う～ん……。それではせめて、ハーベスト王国と取り引きしていた額や見た目ではなく、一般的な野菜の出荷相場にしていただけませんか？」

「量だけか……。それでも今の我が国の野菜相場で考えれば金貨二十枚以上にはなるだろう」

「じゃあ、ごはんとかもらってますし、金貨五枚で」

「金貨の相場がまるっきりわかっていないのだな……。いつでも金額は変えてくれて構わない」

「いえ、十分です。ありがとうございます」

このピカピカを五枚も……。どこに飾らせてもらおうか。

「むしろ安価ですまない。ところで、野菜の収穫は任せてもらっても構わないか？　あれだけの量をフラフレ殿が一人で収穫するのは無理があるだろう」

「お気遣いありがとうございます。では、収穫はお任せします。終わりしだいすぐに次の野菜を育てますね」

「天気も良くなってきたから、食料も少しずつ王都に流通できる。これで国も救われるかもしれない……」

フォルスト陛下はそう言いながら、なんと私に向かって頭を下げてきた。

「本当にありがとう」

「いえ、むしろ私のほうが……」

「国を代表して感謝する！」

お礼を言いたいのは私のほうだ。命を助けてくれたうえ、部屋や食事まで用意してくれた。しかも、大好きな農作業までやらせてくれることになった。

こんなに嬉しいことが続いて良いのだろうか。

感謝の気持ちを伝えたかったが、フォルスト陛下がずっとお礼をくり返したため、伝えることができなかった。


「本日より、ここはフラフレ様の専用部屋となります。装飾、飾りつけ、レイアウト変更などご自由に使っていただいて構いません。他になにかご要望があれば、なんなりとお申しつけください」

「そんなことまで自由にして良いの？」

「もちろんです。フラフレ様はすでに国にとっても大事なお方なのですから」

「じゃあ、せっかくだから飾りつけだけしてみようかなぁ」

「はい、装飾に必要なものがあればなんなりとお申しつけください」

「大丈夫。さっきもらったから〜」

「と、言いますと……って！　ちょっ！　フラフレ様？」

私は先ほどフォルスト陛下からいただいた金貨五枚を、テーブルの上に三枚、枕の両サイドに一枚ずつ飾ってみた。

「ふふふふふふふ〜♪」

「はぁ……。金貨はそういう使い方では……」

「綺麗だなぁ」

「まぁ気に入っていらっしゃるようですし、良いでしょう。幸い、ここなら盗まれる心配はありませんからね」

この綺麗なキラキラの使い方もわからない。これからここで生活させていただくにしても、ある程度の常識は覚えたい。そう思い、アクアにお願いすることにした。

「さっそくなんだけれど、お願いしても良いかなぁ？」

「もちろんです」

「読み書きができるようになりたいから、本を読んでみたくて」

「承知しました。すでにフラフレ様は王宮内部の施設を自由に利用できます。書庫という、本が保管されているところへご案内いたします。ただし、書庫からの持ち出しは禁止のため、書庫内で読んでいただきますが」

「わかった。ありがとう」

「ところで、フラフレ様は文字が読めないのですよね？」

「う……うん」

「そんなに恥じなくとも。リバーサイド王国では教育まで手が回っていませんから、貴族王族以外で文字の読み書きができる者は稀ですよ」

「ハーベスト王国もそうだったのかなぁ……」

「あの国に関しては……、存じませんね。しかしリバーサイド王国は、できることなら民にも、貴族と同様に教育がおこなえる環境にしたいというのが陛下の望みです。ところで読み書きですが、もしよろしければ私がお教えすることも可能ですが」

「良いの？」

「はい。私はフラフレ様の専属メイドなので、可能な限りお力になるのが仕事です。まぁ、仕事じゃなくても、フラフレ様にでしたら是非お教えしたく思いますね」

「じゃあ、よろしくお願いします！」

「今日は作業が残っていますので、明日からということでよろしいですか？」

「うん！　ありがとう！」

覚えるのは大変だろうけれど、私も読み書きができるようになるかもしれない。

ワクワクがとまらず、私はまたしてもベッドの上でごろんごろん寝返りをしながらはしゃいでしまった。

早朝、聖なる力の発動もどきの祈りを済ませる。朝食をいただいてから農園で野菜の葉っぱや芯を植えて、育つように祈る。

さて、やることを満喫したことだし、いよいよ文字の読み書きをアクアから教えてもらう予定だ。

入浴してどろんこを落としてから自室へ戻ったのだが——。

「フラフレ殿よ、私が文字を教えることになった」

「ほへぇぇぇえええ？　フォルスト陛下がですか？」

大変なことになった。フォルスト陛下ともあろうお方が私のために時間を作ってくださるのは嬉しい。

ただ、こんなに緊張した状態で覚えられるだろうか。あまりにも恐れ多い……。

ところで、どうしてアクアじゃなくてフォルスト陛下に代わったのだろう。

フラフレが金貨を受け取った日の夜、フォルストとアクアはミーティングをしていた。

「フラフレ殿について聞きたいことがある」

「奇遇ですね。私もフラフレ様の件で、陛下に確認したいことがあります」

テーブルにはフラフレが作った野菜の一部と飲み物が置かれている。

「一日を通して、フラフレ殿は自ら聖女だと名乗るような場面はあったか？」

「いえ、まったくありませんでした。時折祈るような仕草は見受けられましたが、小声で聞き取れませんでしたね」

「ふむ。……今日も雨は降らなかった。彼女の力のおかげだとしか思えんのだがな」

フォルストはテーブルの上に置かれた緑色の野菜を手に取り、アクアに見せる。

「フラフレから買い取った野菜をひとつ口にしてみた。信じられないほど甘味があり、どこか優しい味がしたのだ。アクアも食べてみてくれ」

「良いのですか？」

「元々あの金貨も国の金ではなく、私のポケットマネーから払ったものだ。そうでもしなければこのあと安易に民たちに野菜を配ることもできないからな」

「では……、遠慮なく」

アクアは野菜をちぎり、口の中に入れる。すると、アクアは笑みを浮かべながら一口、もう一口と、夢中になって食べだした。

「こんなにも甘くて味わいのある野菜は食べたことがありません！」

「だろう？　晴れ間が見えてきたとはいえ、土は泥の状態なのに……だ。しかも、本来育つのに数週間はかかる野菜を一日で育ててしまった。普通では考えられない」

「やはり、フラフレ様のなんらかの力が加わり実ったと考えるべきですね」

「あぁ。驚くべき点はそれだけではない。食べてみて気がついたことはないか？」

アクアは野菜を全て食べ終えた。アクア自身の身体を確認したが、これと言ってなにか変わったようなことはない。

「信じられないほど美味しかったですが……？」

「身体に変化はないか？」

再びアクアは身体を確認したり動かしたりしてみる。すると、ひとつだけ気がついたことがあったのだ。

「言われてみれば……。なんとなくですが、疲れが癒されているような？」

「やはりそうか。私だけではなかったということだな」

「どういうことです？」

「断定はできないが、フラフレ殿が作った野菜には疲労回復の効果があるのかもしれない。もしくは、なんらかの聖なる加護を加えてくれたのか……」

もしもそうだとしたら、ハーベスト王国でフラフレは重宝され、一人で王都の外に出てしまうようなことだってなかったはずだ。

ひとつの可能性を除いては。

だからこそ、今回のフォルストは自信なさげにそう呟いた。

「仮にそうだとしても……、フラフレ様自身のお身体がボロボロでしたよね？　もしそのような力があるのならば、自身に回復効果を付与するはずでは」

「本人が気づいていない、もしくは加護を加えてもあれだけの状態になるような扱いを受けていたのかもしれんな」

フォルストはもうひとつの可能性についても言及してみた。

アクアは当然のことのように納得する。

「あの国ならば、想像できてしまうのが怖いですね……」

「やはりそう思うか。核心に迫ってきたから、私自らフラフレ殿に接近してみようかと思うのだが」

「そう言って、フラフレ様を口説くのですね？　わかりますよ」

「違うわっ！」

フォルストは、このままではフラフレが、自らの悩みを相談することも、過去を話すこともできないままになるのではないかと考えた。

だからこそ、少しでもフラフレのことを知りたい。そう思ったのだ。

「それならば、私が報告しようとしていたことも、そのまま実行しようと思いますが」

「なにかあるのか？」

「フラフレ様は字の読み書きができるようになりたいとおっしゃっていました」

「ほう」

フラフレには好奇心や向上心もあるのだなと、フォルストは感心しながらアクアの話を聞く。

「王宮書庫の入室は許可していますが、加えて私が文字の読み書きを教えようかと」

「ふむ……」

「今、羨ましそうな顔をしましたよね？」

「ちが……」

「あらあら、いつもの口癖がとまっていますよ？」

「うむ……」

フォルストは嘘をついたり誤魔化(ごまか)したりするのが苦手である。そのことは長年フォルストの側近を務めるアクアが一番理解していた。

だからこそ、アクアはフォルストの身体のことにも気を配っている。

「しかし、陛下は国務で忙しいでしょう？　教える時間が確保できるようであれば、代わっていただいても」

「よし、今から明日の分を全て終わらせる！」

「は？　今、何時だと思っているのですか？」

あと数時間で日付が変わってしまう。今から翌日の仕事をはじめるとすれば、日が昇ってしまう可能性すらある。

アクアはさすがに無茶だととめようとしたのだが……。

「終わらせると言ったら終わらせる！　というより、フラフレ殿との時間を作るために仕事は先行してやっておいた」

「すでにやっていたのですか」

「あぁ。今日は調子が良くてな。集中していたら明日の分もほとんど終わっていた」

これは、フラフレを想うからこそできたこと。そうアクアは勘づいている。

だからこそ、アクアはフォルストの力になりたいと強く思えたのだった。

「はぁ。フラフレ様のことになると本当にムキになりますねぇ。私も国務でお手伝いできることがあれば協力しましょう」

「本当か？」

「今までだって、陛下が過労死しそうなときはお手伝いしていたじゃないですか。それに野菜を食べたおかげか、元気なんですよね」

「しかし、さすがに今回ばかりは個人的な都合もあるわけだし……」

フォルストは素直にありがたく思ういっぽうで、申しわけなくも思った。

「いえ。仮にフラフレ様と陛下が結ばれれば、これ以上ないパートナーを手に入れたと言えますし、国のためでもあります」

「あまりフラフレ殿のことを国のために利用したくないのだがな」

「あらあら。陛下は本当に私利私欲で口説きたいのですねぇ」

アクアはからかい交じりに言うが、フォルストの表情は硬い。

「……初めてなのだよ」

「なにがですか？」

「謙虚で、まったく欲が感じられない者と対話するのが、だ。私が前王の側近として仕えていたころから、地位を目当てに近づく者が多かったからな……」

フォルストは、野菜が載っていた皿を見ながらフッと笑みをこぼした。

「フラフレ殿のワンパクな仕草も見ていて好ましい。……私のプライベートな心情は絶対に誰にも言うでないぞ？」

「言いませんよ。言ってしまえば私の楽しみも減ってしまいますからね」

「楽しみ？」

「陛下とフラフレ様の動向を見届ける特権は私だけのものです」

アクアもフラフレのことを良く想っている。だからこそ、この件に関してアクアはフラフレの気持ちも大事にしたい。

王宮の者たちにフラフレの力が知られれば、聖なる力を利用するためにフォルストと結婚させようとする輩が現れるだろう。

つまり恋愛結婚ではなく政略結婚になる。それはアクアとしても避けたいのだ。

「どうして私はこんなにもフラフレ殿のことを意識してしまうのだろうか……」

「恋に理由なんてありませんよ。陛下も人の子です。その感情はあって当然かと」

「そういうことではないのだが……、考えても仕方ないか。作業を終わらせよう」

「私は、明日別の仕事が入った、ということにしておきます。どうぞ楽しいひとときをお過ごしください」

アクアの協力もあり、フォルストは作業を普段よりも効率良く終えた。それだけフラフレと時間を共有したい気持ちが強いことは、本人も自覚がない。

だが、気持ちしだいで簡単に済むものでもない。

フラフレの栽培した野菜の不思議な力のおかげでもあるということを、フォルストとアクアは身をもって実感したのだった。

「――実はアクアに急用を与えているのだ。それで私が代わりに読み書きを教えようと思うのだが、構わないか？」

「あ、はい。もちろんありがたいのですが、陛下もお忙しいのでは？」

「問題ない。仕事は昨日、全て片づけた。アクアのおか……いや、なんでもない」

「そ、そうですか。ありがとうございます。アクアに休養を与えたなんて、よほど疲れているのでしょうか？　もしかして、私がワガママばかり言っちゃったから……」

「フラフレ殿よ……。休ませる休養ではなく、仕事を与えた急用だが」

「またしても私はとんだ勘違いを……」

「フラフレ殿はメイドに対しても気遣うのだな。アクアなら問題ない。最近はむしろ楽しんで仕事に励んでいるようだからな」

「そうですか……」

アクアに大きな負担をかけたわけではないとわかり、私はホッとした。

「さて、本題に入ろう。文字の読み書きを覚えたいとのことだが、今は文字がまったくわからない状態ということか？」

「お恥ずかしながら……」

「大丈夫、そんなに恐縮することもあるまい。さっそくはじめようか。座りたまえ」

「はい」

椅子に座ると、もう一脚の椅子にフォルスト陛下が座る。かなり至近距離な気がして、ドキドキがとまらない。

だが、今日は文字をご教授していただくのだから、浮かれている場合ではないだろう。

「では、まずこの紙を見てもらって……」

フォルスト陛下は、持っていた紙をテーブルに置いた。

「これは？」

「一字ずつ書かれた文字表だ。私も最初にこれを見て文字を覚えたのだよ」

「なるほど……」

この時点で、アクアとフォルスト陛下に感謝したい。

もしも私がいきなり本を読もうとしていたら、なにもわからなかっただろう。

それでも諦めずに文字を覚えるつもりではいたが、こうして教えてもらえたほうが格段に効率は良いはずだ。

「これが『あ』、これが『い』――」

フォルスト陛下が、並べられている文字を全て声に出して教えてくれた。

「なるほど、大体わかりました。これなら本も読める気がします」

「まぁそう焦ることもあるまい。まだ一度読み上げただけではないか。それに、読むことができても文字を書くことは……」

「陛下が教えてくださったおかげで、たぶんできるかなぁと思いますが……」

「はっはっは……。一回で全ての文字を暗記できたと？　では、せっかくだ。少しクイズを出そうか」

文字表は隠され、フォルスト陛下が言う文字を、私は書いていった。

「バカな……。全て合っている」

「ちゃんと覚えられていてホッとしました」

「一度しか読み上げていない文字を、まさか本当に全て覚えてしまうとは……」

「陛下の教え方がわかりやすかったからですよ」

そう言っても、フォルスト陛下はなにやら少し疑いの目をしていた。

だが、少しするとフォルスト陛下は納得したかのように頷く。

「すまない。フラフレ殿が実は文字を読み書きできるのに教えを求めたのではないかと、少し疑ってしまった……。あまりにも暗記力が優れていたのでな……」

「気にしないでください。せっかく教えていただいているので必死に覚えただけですから。それに、一度で覚えられないとお仕置きがあるのでしょう？」

「お仕置き？」

「王族が一度言ったことは、全て覚えていないと罰があるものじゃないですか」

「はい？」

ハーベスト王国では、ジャルパル陛下から言われたことを忘れてしまった場合や、聞き逃した場合は、必ず殴られるか食事抜きの罰が待っていたものだ。

だから私は、言われたり見たりしたものを確実に覚えるよう、常に集中していた。

「つまり、フラフレ殿は今まで、なにかしら上手く覚えられなかったらお仕置きを受けてきたということか？」

「あ……、えぇと……。お仕置きと言っても、ごはんがちょっと減ったり？」

「なぜ質問してくるのだ」

やらかしてしまった！

私が当たり前だと思っていたことは、リバーサイド王国では違うらしい。いや、改めて考えてみると、ハーベスト王国でも私だけ受けていたお仕置きだったのかもしれない……。

「いったい誰にそのような酷いことをされてきたのだ？」

「えぇと……。それは……言えません」

フォルスト陛下のことだから、告げ口してしまえばきっと、文句を言いに行くとか、なにかしらの行動をとりそうだ。しかも相手はハーベスト王国の国王だ。

これが引き金となって国同士の仲が悪くなったり、物の売り買いができなくなったりでもしたら大変なことになるだろう。

だから、断固として黙秘を貫いた。今までの苦しみを聞いてほしい気持ちをグッと抑えながら。

「無理に問うつもりはない。これ以上は詮索しないでおこう」

「ありがとうございます……」

「だが、これだけはハッキリ言っておこう」

フォルスト陛下の堅かった表情が、急に穏やかになった。

「フラフレ殿よ。ここにいる間は怖がる必要はない。今回の文字の読み書きも、一度で覚えられずとも、無論ミスをしても構わないのだ」

「え……？」

私には想像もつかない言葉だった。

「私だってミスをすることはある。だが、その度にお仕置きなどをされたことはない。ミスするのは私だけではなく、皆が経験することだ」

私は黙ってフォルスト陛下の話を聞いていた。徐々に今まで怖がっていた部分が消えていくような感じだった。

「逆に言えば、ミスをしない人間というのは、なにごとにも挑戦しない者だ。ゆえに一度や二度、間違いを起こしたからといって叱責するようなことを私は絶対にしない！」

「う……うぅっ……」

フォルスト陛下の優しい言葉を聞いて泣き出しそうになったが、必死に堪えた。

「フラフレ殿よ……。おそらくキミは、ずっと厳しすぎる環境にいたのだろう。だが、もう怖がる必要はない。無論、なにか間違いを起こせば、正しき道へと誘導するための叱責はあるだろう。だが、手を上げたりなにかを没収するようなことは決してない！」

「優しすぎです……」

ダメだ、やっぱり涙が出そう。

グッと堪えていたが、フォルスト陛下の決定打のような一言は、私の感情を心の底から引き出すようだった。

「フラフレ殿……、今まで大変な日々だったのだな……」

「は……はい……。つらかった……です」

「ミスのひとつだけで罰を受けていたということは、他にもつらいことが色々とあっただろう。だが、もう安心してくれたまえ」

「安心……？」

「私はフラフレ殿が素晴らしい人格の持ち主だと信じている。これからキミは、絶対に幸せになれる！　大丈夫だ！」

フォルスト陛下の言葉は、なぜか自信に満ちているように聞こえてきた。

せっかく文字を教わっている最中なのに、私は今までこらえてきた感情が、一気に爆発してしまう。

大粒の涙がぽろぽろと溢（あふ）れてしまったのだ。

「どうして……、こんなに優しくしてくださるのですか……？」

「……今は言えない」

フォルスト陛下が少し困ったような顔をしたから、もう聞かないことにする。

私の感情があらわになった瞬間、窓からの明るい日差しが部屋を照らす。雲が完全に晴れ、太陽がハッキリと現れたのだ。

「ほう……。外も良い天気になった。今の天気のように、フラフレ殿も元気になってくれたら嬉しい」

「もう大丈夫です。フォルスト陛下の言葉で救われました」

「数字も教えようと思っていたのだが、明日にするか？」

「いえ、教えていただけるのなら、今日覚えたいです！」

フォルスト陛下は優しく言ってくれたけれど、なるべく一度で覚えられるよう、集中は続けることにした。

だが、覚えられなかった場合のお仕置きを怖がる必要はなくなったのだ。私の気持ちがどれだけ楽になったかは、言うまでもないだろう。

「また一度で覚えたか……。素晴らしいことだが、間違えても罰など与えぬぞ？」

「はい。おかげで恐怖心は完全になくなりました！」

「そうか。確かに表情も穏やかになったな。では続きを教えよう」

どことなく、フォルスト陛下も教えることを楽しんでいるように見えた。

廃棄処分と称してフラフレを国外追放してから、ジャルパル国王のやることは増えた。

だが、ジャルパルとしてはお荷物がいなくなり、やる気に満ちていた。

今日の仕事は、フラフレが使用していた地下牢の後処理である。

「良いか？　ここにはフラフレという孤児院出身の女の、汚れた低俗な空気が混じっている。地下牢とはいえ気分を害するからな。徹底的に清掃し、指の跡ひとつ残さぬように！」

「承知しました。こちらの地面も石畳（いしだたみ）で塞いでしまってよろしいのですね？」

ジャルパルに命じられた部下たちの一人が、念のために確認をする。清掃作業に加え、地下牢をより強力なものにするための工事でもあるのだ。

「無論だ。そもそも土の状態では、やろうと思えば脱獄も可能になってしまうからな。フラフレの場合は体力も筋力もないから放置していたが、今後入れるかもしれない囚人はどうなるかわからぬ。今のうちに改善しておいたほうが良かろう」

「ではそのように」

「しかし……、石畳は前々から徹底しておくべきであったな。まさかフラフレがこんなところで野菜を栽培するとは思いもしなかった。だが、いったいどうやって種を……」

「私は一切、そのようなものを朝食の配給と一緒に渡したりはしていません！」

「わかっておる。お前がフラフレに対し嫌がらせをしていたことも知っている」

「げっ……。そんなことまで……」

フラフレの元配給担当は、慌てて弁明した。いくら囚人相手とはいえ、勝手な行動をしたことがバレてしまえば、首が飛びかねないと思ったからである。

だが、ジャルパルは怒るどころか、むしろ笑みを浮かべた。

「怯えることはない。お前の行為は命令の範囲外ではあったが、見ていて心地良いものであった。特に、潰れたパンを支給したときはスッキリさせてもらったよ」

「お、お褒めの言葉、感謝いたします……」

「これからもお前には期待しておる。今後も見苦しい囚人が入るようなことがあれば、是非ああしてくれたまえ」

「ははっ！　フラフレは囚人ではなかったため、陛下に報告することができず申しわけありませんでした」

元配給担当は深々とジャルパルに頭を下げた。

ジャルパルが彼を叱責することはなかった。

「しかし、やはりどうやって野菜を育てていたのかは気になるが……」

「私も気がかりな点がありました」

「ほう、申してみよ」

「ここで野菜を栽培していたとはいえ、一日一度の食事とそれだけでは、長い年月を生きていけるとは思えません。いつ栄養失調で死ぬのかと長年思っていましたが、なぜ廃棄処分になるまで生きていたのでしょうか？」

毎日、フラフレの食事を管理していたからこそ不思議に思っていた元配給担当。彼は、フラフレに食事を届けるなんて仕事は終わりにしたかったため、早く野垂れ死んでもらいたいとすら願っていた。

だからこそ、ずっと疑問に思っていたことをジャルパルに問いかける。

「あぁ、それは私もずっと考えていた。聖女という人間はタフなのだろう。だが、貴族聖女たちを実験体にして確認するわけにもいかぬ。今後、運悪く民衆の中から聖女が出てきたら、捕らえて実験しようと思う」

「なるほど……。そのための工事でもあるのですね！」

「あぁ。今度は勝手に野菜を育てることができぬようにするためでもあるのだ。さぁ、わかったら作業に取りかかってくれたまえ」

地下牢の工事を終え、数日がすぎたころ。

現在は地下牢の工事担当者となった元配給担当の男が、ジャルパルのところへと駆けてきた。

「陛下……、妙なことが起きたのですぐに地下牢へ来ていただけませんか？」

「なにごとだ？　こんな朝早くから……」

ジャルパルは渋々地下牢へ向かう。フラフレが使っていた地下牢の奇妙な光景を目の当たりにし、呼ばれた理由にすぐ納得した。

「これは……、石畳が割れたというのか。しかもたかが雑草のせいで……」

「そうなんです……。確かに土を石畳で塞いだのですが……」

ジャルパルたちが驚くのも無理はなかった。まるで抵抗するかのように、石畳を突き破って植物が生えていたのだから。

「フラフレのやつめ……。いったい、土になにをしたというのだ……？」

「いかがいたしますか？」

「うぅむ……」

ジャルパルは悩みに悩んだ。どこからともなく生えてきた草が石畳を突き破るなんて、怪奇現象のようなものだ。

実のところジャルパルはこれまでの言動に反し、フラフレが強力な力を持つ聖女であることを理解していた。

だが、フラフレが聖なる力を常に自分のために使用していたと勘違いしている。

だからこそ、ジャルパルはフラフレが土に対してなにか不気味なことをした、嫌がらせをしてきた、と確信した。

「あの女め……、最後の最後まで私に害をなすか……」

「と、言いますと？」

「フラフレは、聖なる力を自身のためにばかり使っていたのだ。しかも、廃棄処分されることに勘づいていたのだろう。だから、地下牢をメチャクチャにして使い物にならなくしようと、この土に小細工をしたに違いない」

「あのゴミ女め……」

「すぐさま部下に指示を出せ！　フラフレの使用していたこの地下牢の土は全て回収し、フラフレと同様に国外へ廃棄処分せよ！　この土が国内に存在していては不吉だ！」

「承知しました」

「とにかく急げ、急ぐのだ！　これは一刻の猶予もないぞ」

「ははっ！　なによりも優先し直ちに！」

ジャルパルの命令の下、すぐに土は全て回収され、国外へ廃棄された。

だが、ジャルパルは知らなかった。

フラフレが残してきた唯一の、聖なる力が宿っている土を廃棄処分した。そのため、ハーベスト王国からは、フラフレの力が全て失われたのだ。

ジャルパルたちが気づくのは、当分先の話である。

「ひゃはひゃはひゃは〜♪　あ、ミミズさんだぁ〜」

「ひいっ！　フラフレ様っ！　なにをされているのですかぁぁぁ！」

王宮の農園で、土をもぞもぞとあさっていたら、ミミズが姿を現した。土の中にミミズがいるということは、それだけ土の質が良いという証拠である。

ミミズを手に取り、アクアに見せてあげようとしたら、なぜかドン引きされてしまった。

「どうしてミミズに触れるのですか！　気は確かですか？」

「え？　別に害はないし、土を耕してくれるんだよ」

「は、はぁ……。とにかく絶対に、ぜーったいに！　陛下はもちろんのこと、他の人に見せてはダメですよ？　絶対に！」

「う、うん。気をつける」

ミミズを土の中に帰してあげた。私は世間知らずだし、おそらくアクアのアドバイスは正しいのだろう。だから、アクアの指示には従うようにしている。

「あ、てんとう虫さんだぁ～！　……ええと、これも触っちゃダメ？」

「いえ、あくまでも他人には見せないようにと言っただけで、フラフレ様が個人で楽しむ分には問題ありません」

「そうだったんだ！　じゃあ……、おいでぇ～」

てんとう虫を手に載せて、優しくナデナデした。虫と会話できるわけではないが、なんとなく元気になってくれたような気がする。元気になってもらったところで、てんとう虫がいた野菜の葉っぱに戻す。

ひととおり土や昆虫と対話して、私は満足した。

「元気な野菜に育ってね」

農園を出たときには、私の身体はどろんこまみれだった。太陽が元気に照らしてくれているとはいえ、土にはまだまだ水分が多い。

アクアがタオルを手渡してくれたから、床を汚してしまわないように足を拭き、身体中についている目立ったどろんこもひととおり払い落とした。

「お疲れ様でした。お風呂の準備が整っています」

「ありがとう～！」

「いえ、お礼を言うのは私たちのほうですから」

「私のために準備してくれたんでしょう？　お礼を言うのは当然だよ」

「フラフレ様のようなお方が陛下と……。こほん、なんでもありません。ささ、お風呂へ向かいましょう」

「うん」


身体についたどろんこ汚れと汗を洗い流してから、湯船に浸かる。

「ぷはぁぁぁあ～」

気持ち良すぎて、まるで天国だ。昨日フォルスト陛下から文字を教わったし、このあとはいよいよ書庫へ行ってみようかと思っている。

（陛下たちは作物が育つまで何日もかかるぞと言っていたけれど……）

地下牢にいたころは、感覚だけで野菜を育ててきた。そのため、本来の育て方と異なる点があるとは、最近まで知らなかった。だからこそしっかりと本で調べたいと思っていたのだ。

もしかしたら、土や野菜に対して無意識のうちに良くないことをしている可能性だってあるかもしれないから。

今日はいつもよりも早めに入浴を終わらせ、アクアと一緒に書庫へ向かった。

「こちらが書庫になります」

「うわぁ〜、すごく広いんだね」

「噂によると、リバーサイド王国の書庫は扱っている冊数が世界一だそうです」

すごいとしか言えなかった。見渡す限り、何段にもわたってビッシリと保管された本の山。それが部屋中全てに広がっている。ところどころに本を読むための椅子とテーブルが用意されている。

「アクアも一緒に本を読むの？」

「いえ、本日はフラフレ様のお手伝いをさせていただこうかと。初めてでしょうから、目的の本を探すにしても苦労するかと思いますので」

「ありがとう」

「どのような本をお探しでしょうか？」

「えぇとね、農業に関する本が読みたい。わからないことがあって」

そう言うと、アクアが首を傾げながら不思議そうな表情をした。

「フラフレ様は農業に関して独自の技術がありますし、完璧かと思いますが」

「どうなんだろう……。ずっと独学だったから、本当はどんな方法で育てるのか調べたいんだよね」

「承知しました。それでは農業の基礎知識や作物の本などを用意してきましょう。それとも、大まかな場所だけご案内させていただき、ご自身で探してみますか？」

「じゃあ、せっかくだから選んでみたい」

「ではこちらへどうぞ」

アクアは迷うことなくすぐに、農業に関連する本があるところまで案内してくれた。

こんなにたくさんの本があるのによくわかるなぁと感心するばかりだ。

「こちらですね」

「アクアってすごいよね。全部の場所を知っているの？」

「いえ、フラフレ様が読みそうな本の場所をあらかじめ調べておきました」

「私が農業の本を読むって思っていたってこと？」

「それだけフラフレ様は農園で楽しんでいましたからね」

アクアの言うとおり、私は農業や土のこととなるとすぐにはしゃいでしまう。

もしもフォルスト陛下に見られたら、ドン引き確定だろう。

だがこればかりは譲れない。たとえドン引きされても、土や野菜とはずっと友達でいたいと思っている。

私の生きがいでもあるし、ありのままでいたいと思っているからだ。

「あった。『野菜の育て方』『畑を耕す』『土の一生』これって全部農業に関するものだよね」

「おそらく……。私も読んだことはないのでハッキリとは言えませんが」

「よーし。じゃあさっそく読んでみる」

椅子に座って本を開くと、文字がギッシリ……。文字を覚えたての私にとっては、かなりの衝撃ではあった。

だが、なんとか読むことができる。ゆっくりではあるものの、書かれている内容を着実に理解できている気がする。

いっぽう、私の隣ではアクアがまったく別の本を読んでいる。

「なんの本を読んでいるの？」

「ひ……え、えぇとですね。フラフレ様にはまだ早いかと……」

「ふぅん……？」

「申しわけありません。あまりにもフラフレ様が集中しているので、私も趣味の本を嗜もうとしたのがいけませんでしたね」

「そんなに隠さなくても……」

「いえ、さすがにこの手のジャンルはフラフレ様に教えるわけには……」

そうは言っても、一瞬だが本のタイトルは目に入っちゃったからなあ。『女性を口説くための』という文字は見えたが、そのあとの文字は見えなかった。

アクアは持っている本を隠すようにして元の本棚へ戻しに行っちゃったし……。

（『口説く』ってどういうことなんだろう……？）

謎は深まるが、今は農業の本に集中することにした。

……本を読めば読むほど、頭が混乱してきた。文字は読めるようになった。本に書かれている文章の意味もわかるが、今までの常識が覆されてしまったのだ。

「フラフレ様……？　難しそうな表情をされていますが、どこか読めない箇所がありましたか？」

「ううん、大丈夫。ゆっくりだけれど読めてるよ」

「たった一日で文字を読めるようになってしまうなんて素晴らしいです。でも、だとすれば……」

「キャベツを植えてから育つまで二ヶ月かかるって……」

「本にはそう書かれていますか？」

「しかも、葉っぱを植えて育てるなんてどこにも書いていないんだよー」

「あぁ……」

いったいどうなっているのだろう。

私は今まで野菜に関しては、種がなくても葉や芯さえあれば育つのが当たり前だと思っていた。でもアクアも以前そんなことを言っていたし、本に書かれていることは事実だろう。

「んぅうう、どうなっているんだろう～？」

「そうおっしゃる割には楽しそうですね」

「だって、今までわからなかったことを知れているんだよー。これってものすごく嬉しいことでしょ？」

「フラフレ様はいつも前向きで好奇心旺盛ですね」

アクアが嬉しそうな表情をした。

色々と覚えていくことを褒めてもらえるとは、私はなんて幸せ者なんだろう。王宮の人たちはみんな優しくて大好きだ。

こうなったら、なんとしてでも私の聖なる力を元に戻し、国に貢献して、フォルスト陛下やアクアの喜ぶ顔をもっと見たい。

「よぉぉぉおおおおしっ！」

「書庫の中はお静かにお願いします」

「ごめんなさい」

目標の第一歩は、アクアを喜ばせるどころか、むしろ困らせてしまった。

朝の日課は欠かさない。

『どうか、リバーサイド王国と太陽が仲良くなってくれますように……』

地下牢にいたときと違うのは、聖なる力が発動された感覚がほとんどないことだ。なんとなく力がそれなりに抜けている感覚はあるが、目眩(めまい)や吐き気はない。

リバーサイド王国での待遇が良すぎて私はどんどん元気になっているという実感がある。

だが、それに比例するかのように、聖なる力が消えているような……。そもそも、聖なる力ってなんなのか、私は知らないで生きてきた。

「フラフレ様。今日はあまり良い顔をされていませんね……」

アクアは、私が外に向かって祈った少しあとに入室してくる。

まるで私がこれをやっていることを知っているんじゃないかと思ってしまう。

だが、そうだとすれば聞いてくるはずだから、きっと偶然なのだろう。

「うーん……。実は目標があるんだけれど、なかなか上手くいかないなぁって」

「目標ですか？」

アクアやフォルスト陛下のことは信頼できるし、大好きだ。

実は聖女だ、と言っても、私に力を使うことを強要してはこないと思う。

だが、せっかくだから、ちゃんと聖女らしく結果を出してからビックリさせたい。

だから、今はまだ黙っておく。

「うん。フォルスト陛下やアクアをビックリさせたいんだぁ」

「ふふ……。それなら毎日ビックリさせられていますよ」

「そういうことではないんだけれどね……」

「そうは言いますけれど、本当に驚かされていますよ。昨日なんて、フラフレ様が農園で遊ばれたあと、今までで最速で作物が実ったのですから」

「へ？」

土に関しては、ずいぶんと元気になったと思う。だが、野菜がそれほど早く成長するのは想定外だった。リバーサイド王国に来てからは、よくわからないことがたくさん起こっている。

「普段は早朝、フラフレ様が農園で遊ばれる前に野菜を収穫するのが日課でした。しかし、昨日は日が暮れる前に収穫できたのですよ」

「そんなに早く実ったんだ……どうしてだろうね」

「そうそう、野菜の収穫に関してですが、今日はどろんこ遊び後に入浴していただいてから、陛下が対談を望まれています」

「対談？　いつもと違ってずいぶんとかしこまっているような気もするけれど」

「はい。今回は玉座の間で直々に話をするとのことです」

「ぎょくざのま？」

ハーベスト王国にもあったのだろうか。初めて聞く単語だから、私はアクアに聞き返してしまった。

「リバーサイド王国の玉座の間は、主に他国の王や使いの者を迎え入れ、その場で取引や外交を果たす場所として使われています」

「んがぁ？」

アクアの説明は難しすぎてよくわからなかった。すぐにアクアは私にもわかるように簡単に説明してくれた。

「国として大事なことがあったときに、国王陛下が使う部屋と言えばわかりますか？」

「なんとなく……。でも、私がそんなに大事な場所へ行っちゃって良いの？」

「陛下のご要望ですから」

玉座の間という場所で、私はいったいなにを言われるのだろうか。

玉座の間では清楚な格好をするように言われたため、普段よりもピシッとした白色のドレスを着用している。

これって貴族やお金持ちが着るような服だよね……。

「フラフレ様、ここから先が玉座の間になります。くれぐれも派手な粗相は起こさないようにしてくださいね」

玉座の間の扉が開いた。

「す、すごい……！」

部屋の奥には、いかにも高級そうな椅子が、高い位置に設置されている。床には赤いカーペットが敷かれていて、ホコリひとつ落ちていないような清潔さだ。

フォルスト陛下は玉座の椅子の横に起立の姿勢で待ってくれていた。他には誰もいないため、私とアクア、フォルスト陛下の三人だけである。

「来たか。フラフレ殿よ、突然このような場所に呼び出してすまない。アクアは下がっていてくれたまえ」

「かしこまりました。それではフラフレ様、失礼いたします」

アクアは玉座の間から退室してしまい、私とフォルスト陛下の二人きりになった。普段ならドキドキしたりするのだが、今回ばかりは緊張のほうが勝っている。

フォルスト陛下も、今日は普段よりもさらに王様らしく、ビシッとした格好をしている。

「フラフレ殿よ。此度の活躍は、大義であった。よってここで国の代表としてお礼を言いたかった」

「はい？」

大義という意味はわかっている。だからこそなんのお礼なのかわからなかった。

むしろお礼を言いたいのは私のほうなのだから。

「フラフレ殿は今、なにに対してのお礼かわかっておらぬようだな？」

「はい……。私のほうこそ、お礼を言いたいことがいっぱいあるくらいです」

「今回はフラフレ殿に任せた農園のことである」

「はて……？」

大量の野菜を運んだりする収穫作業は、全て王宮の人たちがやってくれている。手伝ってくれてありがとうございますと、むしろ私が言いたいくらいだ。

「フラフレ殿の作ってくれた野菜を民たちに配給した。それを食べてもらった結果、なぜかはわからぬが体調不良だった者たちは回復し、食べた者たちの労働力が上がったのだ！」

「そんなに食料不足だったのですね……」

「それはそうだが、フラフレ殿の作ってくれた野菜になんらかの力があることがよくわかった」

知らなかった。私はただ、土や野菜と仲良くしていたい。ずっと農園で楽しくワチャワチャはしゃいでいたい。

それだけしかしていないし、なにか手を加えた自覚はまったくないのだ。

「はて……？　久しぶりに野菜を食べて栄養が摂れたからとかでしょうか」

「無意識であのような素晴らしい野菜を育てていたということか」

「え、えぇと……」

「どちらにせよ、今日はここで正式に表彰をおこなう。フラフレ殿は農園にて多大なる活躍をし、国のために最善を尽くし、民の力になった。大義であった。これからもそなたの活躍を期待している」

「は、はい。頑張ります」

つまり、聖女としてではなく、農園で野菜を育てたから褒められたってことか。そう解釈したら、感情がまた爆発してしまった。

「ありがとうございます！　今後も農園で楽しく野菜を育てたいと思います！」

「うむ、それで良い。それから……報酬金とは別にこれを捧げよう。こちらへ来たまえ」

フォルスト陛下の前まで向かうと、片手サイズの箱のようなものを手渡してきた。

「中身を確認してくれたまえ」

受け取った箱を開けると、金貨とは違う、金色の丸い形のものが一枚入っていた。

よく見ると、私の名前が刻まれていて、キャベツの絵が彫られている。

「それは王宮のメダルだ。それを見せれば、貴族しか利用できない施設も無料で使えるようになる」

「私の名前だぁ～！」

フォルスト陛下の説明はよくわからなかった。

だが、金貨に似たキラキラしたメダルに自分の名前が書かれていたことがとても嬉しい。

そのことにだけ喜んでいるのを、フォルスト陛下は気がついたのか、さらに説明が追加された。

「ちなみに……国営の温浴施設も完全無料だ。王宮の大浴場とはまた違う入浴を楽しめるぞ」

「本当ですかぁぁぁ？」

「はっはっは。やはりフラフレ殿にはこう伝えたほうが喜ぶようだな」

「ありがとうございます！　大事にします！」

いただいたメダルをさっそく部屋に飾ることにしよう。

「フラフレ様……。それはさすがに……」

「綺麗でしょう～？」

私はフォルスト陛下から受け取ったメダルを、テーブルに飾っている金貨の真横に置いた。

金貨よりもメダルのほうが目立っているし美しい。

満足しながらアクアに見せたのだが、アクアは手を額にあてながら苦悩しているようだった。

「金貨はまだ良しとしましょう。しかし王宮のメダルに関しては、フラフレ様自身が常に身につけていたほうが良いものです。国家公認の身分証明書としても使えますから」

「うぅん……。でも、私ってドジなところがあるし、落としたら怖いなって」

「なるほど……。それでは、外側からはメダルが見えないようにしつつ、首からぶら下げてみるというのはいかがでしょうか？」

「どうやって？」

「用意してきますので少々お待ちください」

アクアはそう言って部屋を出ていき、手になにかを持ってすぐに戻ってきた。

「少々メダルをお借りしてもよろしいでしょうか？」

「うん」

メダルを手渡そうとしたとき、アクアは手袋のようなものを装着してから受け取った。

どうやら、絶対に汚さないようにするためにつけてくれたのだろう。

金属製の細長い輪っかみたいなものの中央部に、メダルと同じくらいのサイズのケースがあり、その中に丁寧にメダルを入れてくれた。

「これを首からかけてください。これはペンダントと言います」

ペンダントをかけてみると、胸の辺りでメダルがぶら下がる状態となり、服に隠れた。

なるほど。これならば落とす心配もなさそうだし、常に持った状態でいられるというわけか。

「ありがとう！　農園と入浴のとき以外はつけるようにするよ」

「気に入ってくださったようでなによりです」

ペンダントに守られているメダルを何度も眺めて、両手で大事につかむ。

「むふふふっふっふぅぅ～～綺麗～♪」

「はぁ……。フラフレ様、よだれが垂れています」

「あ……。いけないいいけない」

「よだれを服で拭いてはいけません」

アクアはポケットからなにかを取り出そうとしていた。

その瞬間、私は以前学習したことを思い出し、持っていたハンカチでしっかりとよだれを拭いた。

「ふふ……、着実に品性も身についてきていますね」

「アクアがいっぱい教えてくれるからだよ、ありがとう」

アクアは私より二歳年上の十八歳で、頼れるお姉ちゃんというポジションになりつつある。身の回りの世話をしてくれるメイドという立場ではあるけれど、同時に私の教育担当をしてくれているのだ。

私は無知すぎるし、世間の常識もよくわからないから、アクアに教えてほしいと頼んだのである。

「まだ日暮れまで時間があります。本日も書庫へ向かいますか？」

「えぇとね、せっかくだからこのメダルを使って温浴施設へ行ってみたい」

「あぁ、国で運営しているお風呂のことですね……」

アクアの表情が少し曇る。ものすごーく面倒なことに巻き込まれましたと訴えているような顔だった。

「フラフレ様……。国営の温浴施設へ行くことは構いません。ただし、いくつか事前に注意したいことがございます」

「う、うん？」

「あの施設は、民衆が使える一般開放日、貴族専用の日、王族のみの貸切と、日替わりで運営しています。確か今日は民衆も使える一般開放日となっているはずです」

是が非でも、今日行ってみたい気持ちになった。今までは人と交流する機会がほとんどなかったから、人づき合いをしてみたかったのだ。

「つまり、今日行けば、リバーサイド王国に住んでいる色々な人たちがいっぱいいるってことだね？」

「はい。しかし基本的には、王宮に仕えていたり滞在している者は、一般開放日には利用しません」

「じゃあ今日はダメってことか……」

「いえ、せっかくなので、行ってみるのも良い勉強になるかと思います。向かいましょう」

「やったぁぁぁあああ！」

リバーサイド王国に来てから、ずっと王宮で生活させてもらっていた。

この国はどんなところかを知る機会をもらえたことが嬉しかった。

「注意事項としては、いつも王宮の温浴施設でやっているような、浴槽にダイブは絶対にやってはいけません。それから、どんなに感動しても、大声を出してはしゃぐのは控えてほしいですね」

「気をつけます……」

王宮で使わせてもらっている入浴施設は自由だったが、国営の施設は色々と決まりがあって普段のようにはできないらしい。

「念のため、目立たないようにしますが、フラフレ様に護衛をつけておきましょう。私も同行します」

「じゃあ、アクアと一緒にお風呂入れるってことだよね♪」

「まぁ……そういうことです」

前に一緒に入ったとき、アクアに向かって『水鉄砲プシュッ！』ってやってキャッキャしたことを思い出した。

あの日は楽しかったなぁ。

「言い忘れましたが、決して浴槽の中で遊んではいけませんよ。水鉄砲ごっこもダメです。本来、浴槽は大人しく浸かるものなのです」

「そうだったんだ。もしかして、今までの王宮の入浴も、私の入り方ってマズかった……？」

「いえ、フラフレ様は無邪気で可愛いのでそのままで良いです。陛下もフラフレ様の無邪気な……ゲホッゲホ！　と、ともかく、私たち関係者以外が一緒のときはしっかりしましょうと、それだけですよ」

「うん、わかった。外の入浴施設では大人しくします」

準備を整えると、移動するためのカーテンつきの馬車へと案内された。

「お馬さん、よろしくね〜」

「あぁぁそんなに近づいたら危ない！」

——ヒヒィイーン！

私が馬の首回りをそっと撫でると、馬は私の頬をペロペロと舐めてきた。

「ははは〜くすぐったいよ」

ふと横を見ると、アクアが顔面蒼白になっていた。どうしてそうなってしまったのか、わからなかった。

「なんでこの世の終わりみたいな顔をしてるの？」

「フラフレ様が無茶をするんじゃないかとヒヤヒヤしたからですよ！　まさか動物に好かれる資質をお持ちだとは知りませんでした」

「資質じゃないよ。でも、今このお馬さんは、仕事する前に撫でられたいって顔をしていたから撫でただけ」

「……そんなことがわかるのですか？」

「なんとなくだけれど」

「フラフレ様にはまた驚かされましたね……」

動物と触れ合うのはこれが初めてだった。人と話しているときと同じように、動物とも、表情を見て会話ができるような気がしたのだ。

　馬車に乗り込み、温浴施設へと向かった。


「思ったより人がいなかったね……」

国営の温浴施設を利用した感想を、アクアに正直に言った。

前にアクアから『民衆は各家庭に風呂設備がないため、温浴施設で入浴をします』と教えてもらったことがある。

だから私のイメージでは、もっと人がわんさかいて、浴槽が満員になるくらいの盛況ぶりかと思っていたのだ。

「私も久々に一般開放日に顔を出しましたが、想定していたよりも少なかったですね」

「みんなお風呂好きじゃないのかなぁ……」

「そんなことはないと思います。それだけ余裕がないということでしょうか……」

アクアが意味深な発言をした。私がこの温浴施設でキャッキャキャッキャと満喫し終わるまで、そう言い出すのを待っていたような気もしてしまった。

「どういうこと？」

「元々リバーサイド王国は常に雨が降り続き、ごく稀に雲だけになる気候の国です。そのため慢性的な食料不足で、作物を作り出すことに毎日必死になっています」

「大変なら、なおさら休憩やリフレッシュって大事じゃないの？」

「したくてもできないのが現状でしょう……。陛下もできる限りの供給や支援をしているのですが、それでも満足のいく暮らしにはほど遠いのが現実です」

「そんなに深刻だったなんて……」

アクアは、想定以上に少ない、とは言っていたけれども、利用者が減っていたことは知っていたのかもしれない。

私は温浴施設を満喫させてもらった。

人それぞれだとは思うが、入浴というのは疲れが取れるし、大変なときこそ癒しも必要になってくる気がする。

「どうやったら余裕が生まれると思う？」

「そうですね……やはり食が充実してくれば。今はフラフレ様の野菜を出荷して、徐々に民衆に届くようにしていますが、やはり王宮の農園だけでは全民間人にはとても……」

「そっか。じゃあ明日から、午後は王宮以外の農園の手伝いもしよっかな」

「はい？」

お昼前までは王宮の土と戯れ、午後は新しい土とご対面。私にとっては天国だ。

さらに、理屈や理由はわからないけれど、私が育てると農園の野菜はなぜか早く成長してくれるようだ。

でも、アクアはあまり良い顔をしていないからなぁ……。王宮以外で野菜を育てちゃうのはマズいのかな。

「フラフレ様はどうしてそこまでお手伝いをしようという意欲が出るのでしょうか？」

「どういうこと？」

「王宮の農園だってそうですよ。金貨をしっかりと受け取る、という話で進んでいたはずです。しかし、報酬は受け取っても、毎晩陛下の枕元に返しているじゃないですか」

「あぁ、バレちゃってた？」

「当たり前ですよ！」

金貨はたくさんもらった。金貨を飾れる場所が、部屋にもうないのだ。

「はぁ……フラフレ様の欲のなさは素晴らしいと思いますが、ある程度は対価を受け取るべきだとも思います」

「そうなの？　でも、もう部屋に飾れそうな場所が……」

「そもそも金貨は飾るものではありませんからね！」

アクアの言うことには従うようにしている。

だから、今回アクアが言ってくれたように、報酬の硬貨は、今後はしっかり受け取ることにした。

「それ相応の対価を受け取らないと、相手のためにならないこともあります。人にもよりますが、タダでやってくれるのか……などと、相手は、自分の好意を踏みにじられたように感じてしまう場合があります。もしくは、あいつのところじゃタダでやっていたのに俺には金払わせて……と思われてしまうこともありますよ」

「ずいぶんとリアルな言い方だね……」

「はい。フラフレ様には、演技をして表現したほうがよりわかりやすいかと思いまして」

意図はよくわかった。

だが、私の野菜作りってどれくらいの価値があるのかよくわからないし、そもそもそれぞれの硬貨がどれくらいの価値なのかもわからない。

「えっと、金貨の下に銀貨。そのさらに下に銅貨で一番下が黒貨だっけ？」

「はい。黒貨一枚でパンが一個手に入ると思ってくだされば良いかと」

「じゃあ、これからは農園ひとつにつき、黒貨三枚にしよっ！」

農園で遊んだうえに、パンが三つも買えてしまう。こんなに美味しい話はそうそうあるものではないだろう。

アクアはとんでもなく呆れているけれども……。

「はぁ……。申しわけございません。私が間違えていました。やはりフラフレ様は、そういう大人の話は考えないほうが良さそうです。こちらで済ませておきますので、フラフレ様は思う存分どろんこ遊びをお楽しみください」

「うん、アクアに任せちゃうね」

私も助かった。

アクアの話を聞いていると『野菜作ったから硬貨ちょうだい』とかそういう文化があるのかと思った。

だが私の場合は、私自身もどろんこ遊びで存分に楽しませてもらっている。お互いにメリットがあるんだから、硬貨云々の話ではないと思うんだけれどなぁ。

私にはよくわからないし、アクアがしっかりとやってくれそうだから任せてしまうことにした。

「ミーリよ。そろそろ太陽が姿を現すようにしてくれないと困るのだが」

「おかしいわね……。聖なる力で毎日祈っているつもりでしたが……」

ハーベスト王国の王宮にて。

ミーリに対して今まで以上の報酬を約束したにもかかわらず、太陽は姿を見せてくれない。

このままでは国としても、聖女がいるのにどうして雨ばかりなのだと民衆から文句が殺到してしまうだろう。

痺れを切らしたジャルパルは、ミーリを呼び出したのだ。

「聖女としての活動を疎かにしているのではあるまいな？」

「そんな……！　伯父様は私を疑うのですか？」

「だが、晴れ間どころか、一度も雨がやむことすらないではないか。その影響で、王宮で育てている野菜も萎れてしまっているのだ」

ミーリは自分の力に自信を持っている。

だが、一人の力だけでは国を支えることまではできないことに気がつきはじめた。今までより聖なる力の調子が悪いのだと思い込んでいる。こんなことを正直に伝えるなどできなかった。

「きっと、他の聖女たちがしっかり働いてくれていないからですわ！」

「ほう……」

「他の聖女たちにも文句を言ってください。どうして私だけが怒られなければならないのです？」

「ミーリが聖女の最高責任者であるからだ。キミが部下を指導し、徹底してもらう必要がある」

「フラフレが聖女代表だったときは、伯父様が私たちに命じていたではありませんか……」

「王族や貴族が庶民に命令されるのは嫌だろう？　それに私が指示していたときは上手くいっていた。今後はミーリが聖女代表として徹底し、王都を晴れさせるのだ」

このとき、ミーリは初めてジャルパルに対し不満をもった。こんなことになるなら、これまでどおりフラフレに地下牢で働いてもらっていたほうがまだマシだ、と思ってしまうくらいに。

「先に言っておきますね。他の聖女たちに再び力を使いはじめてもらったとしても、晴れるまでにはかなりの時間がかかってしまうと思いますよ」

貴族だけになった聖女たちなら自発的にしっかりと働いてくれる。そうジャルパルは確信していたからこそ、苛立ちもあった。

「ならば……、管理不足の責任としてミーリには罰を与えなければならない」

「そんな……。たった今聖女の最高責任者って知ったばかりなんですけど」

「つまり、フラフレよりもレベルの低い聖女だと自ら認めるのだな？　部下を管理し、指導と教育もできてこそ真の聖女と言えるのだが」

ミーリはジャルパルに逆らえなかった。さらにミーリにとって、フラフレと比べられるのはこのうえない屈辱だ。彼女は悔しさのあまり、思ってもいないことを言ってしまうのだった。

「わかりましたよ。聖女の誇りにかけても徹底させますよ！」

「うむ、それでよい。今後の活躍と改善を期待している」

ジャルパルは笑みを浮かべながらミーリの肩にそっと手を置いた。ジャルパルには、なにかあったときに責任をある程度なすりつけることができる駒がほしかったのだ。ミーリが自ら聖女代表をすると発言してくれたおかげでそれも叶った。ジャルパルが笑った理由は、目的を達成したからである。

数日経っても天気は雨のまま。ジャルパルは再びミーリを呼び出した。

「いったいいつになったら晴れ間を作ってくれるのだ？」

「聖女たちにも、毎日ちゃんと祈ってって言いましたよ！」

「言うだけではなく、結果が大事なのだよ。このままでは、私の特製野菜すら食べられないではないか。王宮で育てている野菜は、ミーリだって何度も喜んで食べていただろう」

「そんなこと言われても……。こうなったのは私のせいじゃなくて、他の聖女たちですわよ。何度も私にあたらないでください！」

「あぁ、さすがにすまないとは思っている。長く新鮮な野菜を食べられないストレスもあってな……」

「それには私も同感ですわ。今まで伯父様が趣味で育てていた野菜は異常に美味しかったのに、それが食べられなくなって、最近調子が悪い気がしますもの」

「ミーリもそうか。実は私も、今までのように身体がハキハキと動いてくれないのだよ……」

今まで王宮の農園にはフラフレの聖なる力が宿っていた。そのため、育った野菜も栄養価が高く、さらに治癒的な効果もあった。そしてジャルパルたちはそれを知らず、当たり前のように食べていた。

だが、それは過去の話である。

フラフレを追放し、さらに地下牢の工事によって、聖なる力が残っていた土まで国外へと廃棄した今となっては、もはやただの農園なのだ。雨が降り続く現状で、野菜がまともに育つはずがない。

「仕方があるまい……」

「なにか打開策でも?」

「あぁ。ミーリよ、しばらくの間、他の聖女や民間人にバレないように、王宮にだけ聖なる力を発動するようにできぬか？」

「王宮だけですか？」

「そうだ。国中に力を放つよりも、特定の場所にだけ力を解放したほうが、短時間で影響が出るうえに効果も大きいのだろう？」

「もちろんそうですけど」

ミーリは、それくらいなら調子が悪い状態であっても、自分一人でも十分すぎるほどの力を発揮することができると確信している。

だが、色々と問題は多いため聞き返した。

「王宮だけ晴れさせてどうするのです？」

「私は美味い野菜が食べたくて仕方がないのだ！　あの野菜があったからこそ、今まで国務も元気にやってこられたような気がする」

「言われてみれば私も、あの野菜で毎日調子が良かったとは思いますが……」

王宮の農園にはなにか不思議な力があるものだとジャルパルは睨んでいる。その野菜を独占したいがためにジャルパル自身で野菜を育て収穫していた。

だが、それがフラフレの力だとは微塵も考えたことがなかったのだ。ゆえに、ミーリが王宮にだけ加護を与えて太陽さえ出てくればなんとかなると思っていた。

「それって……私利私欲で加護を与えてしまうから、職権乱用の違法行為になってしまうんじゃないんですか？」

「なにを言っている？　これは私利私欲などではない」

「え？　どうして……？」

「国の最高機関の人間は常に本調子で元気でなければならぬ。つまり、野菜だけでもしっかりと育て、まずは私……いや、むしろミーリが元気になることで、聖女としての活動も順調になる。その結果、国が再び活気づけば誰も文句は言うまい」

「なるほど！　それなら、私も美味しい野菜が食べられるし、願ったり叶ったりですわ！」

ジャルパルは再び野菜が食べられると確信してホッとした。もちろん、ミーリにも食べさせるという口実の下、一番食べたいと思っていたのはジャルパル自身である。

だがジャルパルは気がついていなかった。

かつて、フラフレに対し、私利私欲で地下牢に聖なる力を使っていたことに激怒していたことを。

そして今、ミーリに同じことを強要しているのである。

「そういうことだ。だが、民衆たち、いや貴族たちにも、そんなことがバレてしまえば反感を買う可能性が高い。念のため、黙っておくのだ。良いな？」

「はい！　でもさすが伯父様ですわね。しっかりと先のことまで考えて、なんだかんだで指示してくださるなんて」

「当然だ。さっそく王宮にだけ力を使うように頼む」

「はい」

ミーリは言われたとおりに、王宮にだけ日差しが差し込むように祈った。

その結果、不思議なことではあるが、王宮にだけは雨が降らず、太陽の光が差し込むようになったのだ。

王宮は大きな城壁で囲まれているため、民衆が異変に気がつくのは難しい。

さっそく野菜の手入れを再開したわけだが、不思議と今までのように野菜がすくすくと育つことはなく、なかなか実らなかった。

さらに数週間のときが経ち、ようやく野菜は実ったのだが、その野菜に聖なる力の加護はなく、ただの野菜にすぎなかった。

なにも知らずにジャルパルとミーリは収穫した野菜を食べたのだが……。

第三章　フラフレは聖なる力が復活していることを知る

「フラフレ様。以前ご提案いただいた、一般の農園で作物を育てるという件ですが……」

「なんでそんなに困った顔をしているの？」

遊び場が増えそうだし、私は満面の笑みをしていた。

だが、そのいっぽうでアクアは、ものすごく申しわけない、といったような表情になっているのだ。

「それが……、ただ『どろんこ遊びをさせたい』だけで募集をかけても、どこからも応募はこないと判断し、『王宮から配給している野菜を作っている人が、あなたの畑にお邪魔します』という告知をしまして……」

「うんうんっ♪　それで？」

「王都にある全ての農園からオファーがきてしまいました……。申しわけございません！」

アクアが頭を深く下げて謝罪してきた。どうしてこんなに謝ってくるのか謎だ。

「むしろ、ありがとう！」

王都中の土と挨拶ができるなんて、これ以上嬉しいことがあるだろうか。

私はその旨を詳しく話した。

「しかし……、全ての農園となると、とても一日で回れるような数ではありません。全部で七十七箇所存在しているので……」

「うん、順番に回っていこ♪」

「はぁ……フラフレ様、あなたというお方は……」

幸い、ここ最近は毎日晴れている。どろんこ遊びには絶好の天気だ。

私自身も毎朝なんちゃって聖女として祈りを捧げてはいるが、疲労がないことを考えると、これは自然の力で晴れたに違いない。

今後聖女として国に貢献できない以上、私はひたすらどろんこ遊びを楽しんで野菜を育てることにした。

「王宮の農園で遊んでからになるけれど、さっそく今日から他の農園に行ってみたい」

「本当に良いのですか？　順番に回るとはいえ、全部の農園で聖なる……じゃなくてどろんこ遊びをされたら、フラフレ様の体力が……」

「うーん……、でも遊びには行きたいし……。無理しない範囲で順番に回るってことじゃダメかな？」

「フラフレ様がそうおっしゃるのでしたら、とめはしません。むしろ、今回の企画は国そのものを救ってくださるようなものだと思いますし」

「大袈裟な……」

遊び場が一気に増えて、楽しみもさらに増えた。私はこんなに幸せな毎日を送ってしまって良いのだろうか。

むしろ私が報酬というのを支払ったほうが良いんじゃないかと思ってしまう。

「ここに飾ってある金貨……、これからお世話になる農園の人たちにお礼として渡したほうが……」

「決してそんなことはしないでくださいね！」

「う……うん、わかった」

うーん……、世の中の仕組みって難しい。


王宮の農園で遊んだあと、そのまま最初の農園に、歩いて向かった。

王宮から一番近い場所だそうで、移動が楽だ。

最初のどろんこ遊びとしては絶好の場所だろう。

「フラフレ様……。王宮の外で人と関わる際は、以前教えたとおりにお願いします」

「うん。今日は勉強も兼ねているからね！」

今回私が外の農園で遊びたい理由はもうひとつある。

私はあまりにも世界のことを知らなすぎる。色々な人と関わって、つき合い方や常識を学んでいきたいと思ったのだ。アクアから最低限の礼儀作法や挨拶は教えてもらったが、やはり実践が一番だと思う。

農園に到着すると、一人のおばあちゃんが腰をかがめて農作業をしている。

六十代くらいのようだが、まだまだ元気いっぱいといった感じだ。

「おやおや、アンタが野菜を作ったという子かい？」

私とアクア二人で農園に来たわけだが、おばあちゃんはなぜか私を見た途端、確信を持ったかのようにそう言ってきた。

「はじめまして。私が王宮で野菜を育てているフラフレと申します」

挨拶をしてお辞儀をした瞬間、横目でアクアをジッと見た。

ちゃんとできてた？　まちがっていない？

そう視線で訴えると、アクアはコクリと軽く頷く。

「お初にお目にかかります。この度はお世話になります。私はこちらフラフレ様担当メイドのアクアと申します」

むずかしいことばがいっぱい……。アクアはすごいよ。アクアのような礼儀作法が身につくのはまだまだ先かな。

「ほっほっほ……。こんなに可愛い子が二人も来てくれるなんてね。しかもお天道様も歓迎してくださったかのように姿を現しおってからに。おっと……、あたしゃミラーシャよ」

ミラーシャさんと名乗った人は軽くお辞儀をしたあと、農園の近くに設置されているテーブルに向かう。

テーブルの上にあった飲み物を二つ手に取って、それを私たちに手渡してくれた。

「ありがとうございます」

「ほっほっほ。アンタ、そんなにかしこまらなくて良いのよ。あたしには自然体で接してくれて構わないよ」

こういう場合どうしたら良いものかわからない。

助けを求めるように、アクアに顔を向けると、アクアはニコリと微笑んだ。つまり、普段どおり、自由で良いと解釈した。

「じゃあ、遠慮なく。飲み物いただきます」

「ところでアンタ、今まで見たこともないようなとびきりの力を持っているわねぇ。納得、納得」

「はい？」

ミラーシャさんは私を見ながら、ニコリと笑顔を見せてくる。

私はずっと地下牢生活をしていたし、力は非力なんだけれどなぁ……。まぁいっか。それよりもここの土はどんな感じなのだろうかとワクワクしていた。

いつもどおりで良いと許可をもらえたため、本当にいつもどおり振る舞った。

王宮の農園と同じように、まずミラーシャさんの農園にダイブ。土の香りを確認する。

これはかなり良い土だと思う。

最初に王宮でダイブしたころの土よりもしっかりしているし、これなら野菜が育つくらいの質はあるだろう。

それでも水分が多く、ところどころ土ではなく泥のような状態になってしまっている。

と、いうことはまず初めにやることはひとつだ。

『どうか、昆虫さんたちが元気に生活できるような土になりますように』

王宮の農園での作業と同じことをしてみる。

王宮の農園では脳内だけで処理してしまったが、今回はしっかりと声に出して祈ってみた。

聖女としての力は失ってしまったはずだから、私の聖なる力とは違う部類ではあるが、祈ればなんとなく元気になってくれそうな気がしているのだ。

さっそく土をモゾモゾ、手でガサゴソといじくったのだが、ここで不思議なことが起こった。

さっきまで触れていた土の質が明らかに変化してきているのである。

泥と化していた部分もなぜか栄養価の高そうな土へと変化し、元々土として機能していた部分は、これまたより良質なものへと変わったのだ。

「まさか……ね？」

一瞬、私に聖なる力が戻ったんじゃないかと疑ってしまった。だが、身体は疲労感ひとつないためおそらく違う。きっと、なにかの偶然なのだと考えた。

しばらく土と戯れたあと、農園全体に野菜の葉っぱや種を植えた。

『どうか、この農園で美味しくて栄養のある野菜が育ちますように』

これまたいつもどおりに、野菜たちにお願いをした。

さて、楽しみすぎてしまったが、今何時なんだろうか。

アクアたちのほうを振り返ると、ミラーシャさんが私に手を振ってくれた。

「今戻ります～」

満足したし、農園を出てアクアたちのいるテーブルへと戻った。

「お疲れ様でした」

「ありがとう。想像以上の力を見せてもらって満足だわ」

「力？」

そういえばさっきも私の力がどうのこうのと言っていたっけ。

「さっきアクアちゃんからも聞いたけれどね、フラフレちゃんも自覚はしていたほうが良いわよ。聖女だってことを」

「はい？」

どうしてミラーシャさんは、私が聖女だっていうことを知っているのだろう。

そう思った瞬間、私はとあることに気がついた。

ほんの僅かだが、ミラーシャさんの身体から聖なる力を感じたのだ。

「ミラーシャさんは聖女……？」

「もう力は衰えているし、昔の話よ」

「フラフレ様。今まで黙っていて申しわけありませんでした」

「はい？」

なぜかアクアが謝ってきた。話の意図がまったく読めないため、聞き返した。

「フラフレ様が聖女であることは私も陛下も知っていました。しかし、知っていることは黙っておこうという話になり……」

「まったく気づかなかったよ」

「ですが、こちらのミラーシャ様から、フラフレ様は自らを聖女として認識しておいたほうが良いのではないかというお話をいただきまして」

「でもさ、確かに前は聖女だったけれど、今はなんちゃって聖女だよ。力も放出できていないみたいだし……」

私はてへっと笑いながら、使えない聖女だということをついに明かした。

しかし、意外にも、二人はクスクスと笑いはじめたのだ。

「本当にフラフレちゃんは無自覚のようね。アンタは正真正銘、立派な聖女よ。それもとびきりすさまじい力を持っているわ」

「へ？」

ミラーシャさんの言っていた力って、聖女の力のことだったんだ。

だが、私にはまったく自覚がない。

私は聖女の力を失っているはずだ。

だから、もう一度農園に足を踏み入れ、聖なる力を解放するイメージトレーニングを二人の前でやってみせた。

『どうか、この農園に美味しくて栄養のある野菜が育ちますように』

『どうか、昆虫さんたちが元気に生活できるような土になりますように』

すぐにアクアたちのほうへと戻る。

「ほら、こうやって二回も聖なる力の詠唱をしても全然疲れないし、きっと力はなくしちゃってるんだよ……」

「後ろを見てごらんなさい」

「はい？」

ミラーシャさんは笑みを浮かべながら農園を指差す。

アクアも信じられない、といったような顔をして、口を大きく開けている。

私も農園に視線を向けると……。

「あれ？　さっきまでは芽が出ていなかったのに……」

しかも、そう言っている間にも高速で野菜がすくすくと育っていくのだ。

私が地下牢で野菜を育てていたときの、何倍ものスピードで成長している。

「これでわかったかしら？　アンタの聖なる力で実っていることが」

「うそ……信じられない……。だって、力を使った感覚が全然……」

「それだけアンタの力が規格外になったってことだろうね。そもそも天候だけでなく、自然そのものに加護を与えられるなんて前代未聞よ。アタシが現役時代にこれだけの力を使ったら全速力で走り続ける感覚になって、疲労で倒れてただろうね。でも、アンタにとっては、この程度の力だったら散歩しているのと同じ感覚なのでしょう」

試しにもう一度、この場所から聖なる力を農園に向かって発動してみた。

そうしたら、野菜があっという間に実ってしまった。

ようやく実感が湧いてきた。

「でも、どうしてこんなに力が……。ハーベスト王国にいたころよりも力が溢れているみたい……」

「しっかり栄養を摂って、外の空気をしっかりと吸収して、無理のない生活をしていれば、身体だって聖なる力だって本調子になるものよ」

リバーサイド王国に来てからは、まるで天国のような生活をしていた。

いっぽう、ハーベスト王国では常に地下牢で暮らしていたし、食事もろくに食べていなかった。つまり、今の私なら本来の力を発揮できるというわけか。

「はぁ……、フラフレ様の規格外さがよく理解できました……。すごいというよりも、もはや常人離れと言いますかなんというか……」

アクアの言葉を聞いて、私はハッとした。

このまま他の人の耳にも聖女の情報が入ってしまったら、毎日どろんこ遊びをする生活ができなくなってしまうのではないか、と不安になったのだ。

「うーん……うぅぅうう……」

私は頭を抱えながら悩んだ。

聖なる力が元に戻っていただけでなく、今までよりもパワーアップしていたこと自体は嬉しい。

美味しい野菜を育てることに特化できるだろうし、土も良いものにできる。さらに、太陽だって姿を見せてくれるようになるだろう。

だが、また特別な存在だからといって、自由を許されなくなったら……。

「う～んんんっ……、んんんぅん～」

「トイレにでも行きたいのですか？」

「ん？」

「ここは野外ですからね。必要とあれば目隠し役くらいならできますが」

私が一人で悩んでいたら、アクアがすかさず別視点で心配してくれた。

アクアになら、本音で話しても変なことにはならないだろう。

「違うよっ！　そうじゃなくて、今の生活を終わりにしたくないの」

「はい？」

「つまり……聖女だと知られても、毎日どろんこ遊びだけは続けたいの」

「すれば良いじゃないですか」

「へ？」

アクアは当たり前のような表情で私にそう言ってきた。

土と遊ぶ暇など与えられず、とにかく聖なる力を使って国のために働いてくれ、とか、そういう展開が待っているんじゃないかと思っていた。

「フラフレ様の力は素晴らしいとは思いますし、国に協力していただけたら、平和で豊かな国になるとは思いますよ」

「だから、限界まで力を使ってほしいとか頼まれたり……」

「そんなことを強要する人が現れたら、陛下が黙っていないと思いますのでご安心ください」

私はなにをマイナス思考で考えていたのだろうか。

聖なる力を使えるようになっていた、とわかった瞬間、ハーベスト王国での記憶をやたらと思い出してしまったせいかもしれない。

あの地獄のような生活は二度と味わいたくないという思いが強くて悩んでしまった。アクアからは私がお花摘みを我慢しているように見られちゃったけど。

「フラフレ様は聖女だとしても、ご自身のやりたいことをやれば良いのですよ。義務ではありませんから」

「優しいんだね……」

「すでに十分すぎるくらい、リバーサイド王国にその力で恵みをもたらしてくださっています

からね」

祈ることは、私にとって日常的な行為である。

もしも聖なる力が元どおりになったら、国のために力をコッソリと使って、なにかしらの役に立ちたいとは思っていた。強要さえなければいくらでも力になりたい。そして、アクアやフォルスト陛下は強要なんて考えていないのだと知った。聖女だと知られてもなお、この力を強要されないと考えたら、心がとても楽になった。

「ありがとね、アクア」

「当然のことを言っただけです。おそらく陛下がここにいたら同じことを言っていると思いますよ」

「ミラーシャさんもありがとう。生まれ変わった感じ」

「こちらこそありがとうね。アンタのおかげで野菜が収穫できるし、しばらくは蘇った土で良い野菜を育てられそうだわ。でも、あんまり無理はするんじゃあないよ。聖女の力に頼るべき部分は、本来は太陽が姿を現すようにすることなのだから」

さてと、私が聖女として再び活動することができるのはよくわかったし、おなかもすいてきた。農園で育った野菜をひとつだけもらって、そのままムシャムシャとかじりついた。

がぶっ！

もぐもぐ。

ぱくぱく。

ごっくん。

「規格外の聖女って、食べ方も規格外なのねぇ……」

「フラフレ様っ！　そういう食べ方はあまり尊敬できませんよ！」

「はむはむ……。ふへぇ？」

アクアはさっきまで私に尊敬するような視線を向けていたが、今度は呆れたような視線になっていたのだった。ミラーシャさんはクスクスと笑っていた。

おなかも満たされたし、帰ってお風呂入りたい。


ミラーシャさんの農園でどろんこ遊びを楽しみ、帰宅してから、お風呂に入った。身体を綺麗にしてからの夕食。もはや天国だ。

しかも今日は話があるようで、フォルスト陛下と一緒である。

幸せすぎて身体ごととろけてしまいそうだ。最近一緒に食べることが多くなってきたなぁ。

先ほど野菜をかじったあとだが、私の胃袋にはまだまだ入る。出てきたものは全て食べるつもりだ。残してしまうなんてもったいなさすぎる。

だが、食事がようやく後半戦になった時点で、私の胃袋はパンパンになった。おなかに詰め込みたいのだが、身体が言うことを聞いてくれない。

「うっふぅぅ……ぐふふぅぅぅ……」

「無理することはない」

「すみません……これ夜食にするので、袋に入れて持ってって良いですか？」

「……好きにして構わぬが、寝る前に食べて平気か？」

「はい。美味しいので問題ないかと」

「いや……、そういうことではないのだよ……」

フォルスト陛下との会話はいつもどおりだった。聖女の件があったから、色々と聞かれるのかなとも思っていたが、普段となにも変わらない。

この国は私に強要したり強制したりしないから好きだ。

「ところでフラフレ殿よ。聖女だと確信していながら言及せずにすまなかったな」

「どうして私が聖女なのかと聞かなかったのですか？」

「色々と理由はあるが、特に、我々がフラフレ殿に聖女なのかと聞けば、キミ自身が身構えてしまい、落ち着けなくなるのではないかと思ったからだ」

そのとおりだったかもしれない。ハーベスト王国でのトラウマは拭いたくても簡単に拭えるものではない。

フォルスト陛下たちが無理に強要してこない人たちだとわかっていても、どうしても警戒してしまいそうな気持ちにはなっていただろう。

気配りしてくださるフォルスト陛下に、いくら感謝しても足りないほど嬉しかった。

「最初の農園の主が元聖女だとは私も知らなかった。だが、彼女が導いてくれたおかげでこういう話ができるようになったな」

「はい。私自身も聖なる力が使えなくなっていたと思っていましたから。ミラーシャさんに教えてもらえて感謝しています」

「ところで、聖女だと確定した以上、報酬も増額したいのだが」

またアレを受け取らなきゃいけないのかと思うと気が進まない。増やさなくて良いのに。

「金貨ですか……」

「あぁ。ずっと断るものだから、私が金貨を預かっているわけだが……」

これ以上は部屋に飾れないからなぁ……。王宮の通路に金貨を飾ろうとしたんだけれど、アクアにとめられてしまった。

何度も言うが、金貨を飾れる場所が、すでにどこにもない！　もらっても飾り場所に困る。

これでは金貨たちが報われない。あんなに綺麗なものを飾らないなんて……ここの人たちは綺麗なものに興味はないのだろうか。

「金貨はさておき、フラフレ殿に感謝の意を込めて、報酬とは別に、なにか望みを叶えたいと思っている」

「望みですか？　どんな願いでも？」

「そうだ。可能な限りになるが、願いを叶えてあげたい。……待て。念のために言っておくが、死人を生き返らせたり永遠の命がほしいというような願いは不可能だぞ」

「うーん……となると……」

ご褒美的なものなのかな。

だが、王都にあるいくつもの農園で遊べること自体が、私にとってご褒美である。これ以上ご褒美をもらったらバチが当たりそうだ。

「う～ん……あ！」

良いこと思いついちゃった。

ご褒美で、私が楽しめて、なおかつフォルスト陛下も楽しめる方法を思いついた。

フォルスト陛下は毎日国のために一生懸命頑張っている。

日ごろの疲労が溜まっているだろうし、むしろフォルスト陛下が元気になれそうな提案をしようと思った。

「フォルスト陛下が私に一日つき合ってくださる、とかが良いですっ！」

「なっ？」

「ふふふっ……陛下はお幸せなこと……」

横で起立の姿勢で待機しているアクアが、声を出して笑っていた。

今まで、なにがあっても微動だにせず、飲み物を注いだり皿を下げたりするとき以外は絶対に喋らないし動かなかったアクアが、だ。

つまりこれは、すっごく良い名案だったんじゃないだろうか。

「ご褒美ご褒美♪」

「ま……まぁ……、それが望みなら構わぬが」

「はい。じゃあ、フォルスト陛下がお休みの日に、私の行きたいところへついてきてもらうってことで」

「本当にそんな望みで良いのか……？」

「はい！　むしろ最高ですね」

「ぬ……！」

なんか予想以上に驚かれてしまったみたいだけれど、大丈夫だよね？

ハーベスト王宮にて。

ジャルパルの弟でありミーリの父親でもあるバルメル公爵は、国の一大事を感じていた。

「兄上……、民衆から非難が殺到していますぞ！」

「なにをそこまで恐れている？　国王という立場である以上、民衆からの非難くらいあって当然だろう」

「国王が聖女を独り占めしているという噂が広まっているのですよ！」

「体調が悪いというのに、面倒ごとが次々と……」

最近、ジャルパルの体調はすこぶる悪くなった。

それもそのはずで、フラフレの聖なる加護つきの野菜が食べられなくなったためである。

ジャルパルは、美味しい野菜を再び食べるために、ミーリを利用した。

王宮だけでも晴れるようにさせたことで、野菜は育ち食べられるようにはなった。

だがその野菜は、どこにでも売られている普通の野菜と変わらない。

美味しい野菜を再び食べるという目的が達成されていないのに、民衆からの非難。

ジャルパルは頭を抱えた。

「民衆たちの具体的な要望は？」

「王都全体が晴れるように聖女を使ってほしい、と。多額の税を聖女に対して使っているのだから国のために力を使わせてくれ、と。このままでは作物が育たず食料難になる、という不満も耳にします」

「相変わらず勝手な奴らだ。聖女たちへの給金を今までの倍にしたことは認めよう。だが、物事には順序というものがある」

「私も今回の非難には同意ですよ。なぜ王宮だけ晴れるようにしているのでしょうか。ミーリはしっかりと働いているのでしょう？」

「それは……」

ジャルパルは言い淀んだ。

ミーリの聖なる力がこれほど弱々しいものだというのは想定外だったのである。

だが、実際のところ、ミーリは聖女の中でも強い力を持っている。

それでも弱々しいと感じてしまうのは、フラフレの聖なる力が規格外だったからだ。

そのことに、ジャルパルはまだ気がついていない。

「ミーリは聖女としてしっかりと活動している。だが、最近どうにも調子が悪いようでな。できる範囲でやらせたほうが良いだろう」

「しかし、王宮のためだけに聖なる力を使うというのは……。国のために力を使ってくれる子になってもらいたいのです」

「わかっている。しっかりとそのための策も練っているのだ」

「と、言いますと？」

「王宮にある農園のことは知っているだろう？」

「はい。兄上の趣味でしょう？」

「そうだ。今まで黙っていたが、あの農園は特別だ。なぜかはわからぬが、あそこの野菜は、食べると元気になる力がある。まずは、しっかりとあそこの野菜を収穫できるようにし、ミーリたち聖女にも食べさせ、本来の聖なる力を発動できるようにしてもらいたい。そのために、まず王宮だけに力を発動させた」

本当は、ジャルパル自身が美味しい野菜を食べたいからだとは、口が裂けても言えない。

正当な理由をこじつけて、ジャルパルが得をするというのが鉄則なのだ。

だが、ジャルパルが食べたがっている野菜には、肝心の土に聖なる力が宿っていない。

王宮にある農園は特別な野菜だとジャルパルは思い込んでいたが、実際に食べてみて、さすがに違和感があったのだ。

（私の野菜がどうもおかしい。美味しいことに変わりはないが、元気になりにくくなった気がする。長い間収穫をサボったせいなのか……？）

「兄上が誰にも協力を求めずに農作業をしていた理由がようやくわかりました」

「うむ、黙っていてすまなかったな。まもなくミーリが本調子になり、聖なる加護を発動してくれることだろう」

「それにしても、フラフレとかいう女が出ていってから、国がおかしくなってしまいましたな」

「なにをバカなことを言っている。あの女は自分のためだけに聖なる力を使い、国に貢献していなかったゴミだ。いなくなったところでなにも変わらぬよ。偶然にすぎぬ」

実際のところフラフレは、冷遇を受けながらも最後まで国のために聖なる力を使っていた。

それをジャルパルは、あろうことか自分のためにしか力を使っていないと勘違いし、身分が低いうえに役にも立たない女など廃棄してしまおう、という決断を下した。

「もしもですよ？　もしもフラフレが自分自身のために力を使っていたのは極々僅かで、実はほとんどの力を国のために地下牢から発動していたとしたら……」

「それはありえぬ。地下牢で野菜をこっそりと育てることができ、我々への嫌がらせのために地下牢の土の品質を変えてしまったのだ。気候以外の聖なる力など聞いたことはないが、おそらく莫大な力が必要だったはず。それを常に使っていては、国に貢献する余力などないはずだ」

「確かにそうですが……」

「宰相の立場であるお前も、年功序列によってフラフレが聖女のリーダーとなっているのは邪魔、ミーリこそ聖女のリーダーに相応しい、などと頻繁に言っていたではないか」

「それはもちろんです。ミーリには、公爵家に恥じない素晴らしい聖女になってもらい、民衆からも絶大な支持を得たいと考えています」

「ならばフラフレのような廃棄品についてこれ以上考えることはあるまい。ミーリが活躍できる場を作っていけば良いし、私も協力する。そのためにミーリを聖女の最高司令官として任命したではないか。私は彼女に期待している」

「た……確かにそうしていただけるなら、私としても好都合ではありますが……」

バルメルはふと考えた。

ミーリの功績はまだまだであり、このままでは聖女として称えられないのではないか、と。

そのうえミーリの仕事が増えて過労になってしまうのではないか、と。

その考えをジャルパルには隠すことにした。

「わかったら、民衆どもにしっかりと言いわけせよ。聖女ですら手に負えぬ異常気象とでも言い、打破するためには、まず王宮から基盤を整える必要がある。聖女の力を回復させれば、いずれハーベスト王国全体に明るい兆しがくる、と。それまで耐えよ、とな」

バルメルはミーリの手柄だけを考えていて、彼女に全てを賭けている。チャンスをつかむまでは、理不尽であってもジャルパルの意向に従っていた。

「承知しました」

「いつもながら素直に従ってくれて助かる。これからも期待しているよ」

バルメルはジャルパルになにも言わなかったが、彼もまた密かに悪巧みをしているのだった。

第四章　フォルストはフラフレの要望に応えたい

とある用事でハーベスト王国へと出張した帰り道、フラフレが倒れている姿を見かけた。

あのとき私の身体は勝手に動き、彼女を馬車に乗せ、誘拐のようなことをしてしまった。

フラフレとは初めて出会ったはずだが、なぜかそうでもないような違和感がある。

だが、未だにその謎はわからぬままだ。

不思議な気持ちと、直感で彼女を絶対に助けなければならないと思ったため、馬車の中では簡易的ではあったが医師に処置を任せた。

数日でようやく王都に帰ってからも彼女は眠ったまま。王宮直属医師による本格的な治療がはじまった。

もう助からないと思っていたが、彼女は奇跡的に目覚めたのだ。

それからというもの、フラフレは無邪気に、明るく振る舞っていた。

年齢のわりに知識の面ではいかがなものかと思うところもあるが、それがまた魅力的だと思ってしまった。

そして彼女が聖女だということも理解した。あのときの、助けるべきだという直感は的中した。

もちろん無理に力を強要するつもりはない。あくまで彼女の力であって、彼女はこの国の人間ではない。

だが、フラフレは自ら進んで力を使ってくれたようで、国を助けてくれたのだ。

フラフレには驚かされてばかりだが、昨日、フラフレの望みを叶えたいと言ったら、彼女はとんでもないことを言い出した。

『フォルスト陛下が私に一日つき合ってくださる、とかが良いですっ！』

はっきり言って、私の望みを聞いてくれたのではないか、と思うくらい嬉しかった。

だが、本当にこれで良いのだろうか。

フラフレが遠慮して出費の少ない願いを選んだのか、本心で言っているのかがいまいちわからない。

フラフレと共に行動し、彼女がほしいものややりたいことは可能な限り叶えるつもりだ。彼女が今までおこなってきたリバーサイド王国への貢献は相当なものなのだから。

だが、本音を言えば、国云々よりも、私自身が彼女のことをもっと知りたい。今まで私に近寄ってきた者たちは皆なにかしら、野望や名誉、そのような欲が顔に出ていた。そのうえで婚約を申し込まれても揺らぐはずもない。婚約を断ってきた理由は他にもあるが、今後も誰かと結婚することはないだろうと思っていた。

だが、フラフレはまったく違う態度だった。欲望があるにはあるが、彼女の場合は私に対してではなく、自らの趣味だけに欲望丸出し、といった感じである。

普通、農園で遊びたいなどと国王に対してお願いするだろうか？

金貨を渡しても喜んでくれないし、むしろ返品される始末だ。いったい、フラフレはなにを考えているのだろうか。今日はフラフレのことを知る良いチャンスだ。

フラフレと合流する際、やたらと緊張してしまった。

「待たせたな」

「いーえ、今日も元気に出発しましょう！」

「う……うむ」

フラフレの無邪気な笑顔は、たまらなく可愛い。まずはフラフレに言われたとおり、馬車に乗る。

「どこへ行きたいのだ？」

「えへへ、秘密です。着いてからのお楽しみですからね」

「あぁ、承知した」

良からぬことまで妄想してしまう。もしかしたら、フラフレは私のことを口説こうとしているのではないだろうか。

いや、もしもそうだとすれば、最初の望みで真っ先に結婚を申し込んでくるはずだ。

いやいや、フラフレは良い意味で規格外な考えを持っている子だ。

本当になにを考えているのかさっぱりわからない。

考えれば考えるほど、フラフレの魅力に引き込まれていく。

「はい、着きました！」

「ここか？」

「はい！」

到着したところは、まさかの温浴施設だった。

「アクアに確認しておいたのですが、今日は王族貸切の日だそうです。だから、アクアにお願いして、今日だけ他の王族さんは、この時間は控えてほしいって伝えてもらいました」

「そんなことまでしていたのか？」

「はい。今日は私の望みを叶えてくれるのでしょう？」

「まぁ、筋は通っているが……」

貸切にしてまで温浴施設を利用したかったのか。

まぁ無理もないか。アクアからの情報によれば、王宮のお風呂では、三歳くらいの子供を相手にするよりも、フラフレの相手が大変だと言っていた。

おそらくフラフレは、温浴施設でも王宮のときと同様に派手にはしゃぎたいのだろう。

だが、それは私がいなくても良い気がするが……。

「はいはい、フォルスト陛下ー。早くお風呂入りましょう！」

「あぁ……。ん？　私もか」

「当たり前ですよ！　さ、こっちです」

おかしいぞ。

フラフレはなんの悪気もなさそうな態度で、女風呂のほうへ私を誘導しているではないか。

「ちょっと待て！」

「なにか？」

「まさか、女風呂に連れていこうとしているのか？」

「え？　だって今日は貸切ですし」

「待て待て待て待てっ！」

混浴か？　しかもフラフレはなんの恥じらいもなしに連れていこうとしている。

いやいや、彼女はガードの緩い子ではないはずだ。

私はもしかして、本当に誘惑されているのだろうか……。

だが、こんな流れで彼女を傷つけたくはない。

気持ちは嬉しいし、気になっている子にこんな頼みをされれば普通なら喜んで行くだろう。

「フラフレ殿よ……。自分のことはもっと大事にしたほうが良いと思う……」

「はい？　もちろん大事にしていますよ。フォルスト陛下たちのおかげで、十分に休養も取れていますし、毎日楽しいです。そのお礼ですよ」

「いやいや、そういうお礼は好ましくないと思う！」

身体で恩返しなどとんでもない。

確かにフラフレはこの国に来た当初は痩せこけていたものの、しっかりと食事を摂り、徐々に本来の身体つきに戻りつつあるように見える。彼女はとても魅力的だし可愛い。

だが、だからこそこんな形で恩返しや誘惑はしないでほしい！

「あのぉ……？　フォルスト陛下は私の企みを知っちゃったのです……？」

「無論だ。あまり良き行動とは思えぬがな」

「そうですか……。でも、せっかくどんな望みでもって言ってくれたので……良いかなって思っちゃったんです」

フラフレが私に好意を持っていて、しかも身体まで求めてくれるほどだとは予想外だった。

どんな望みも可能な限り叶えると言ってしまった手前、フラフレの欲望を叶えるべきなのか、
それともしっかりと断ったほうが良いのか戸惑う。

私が悩んだ結果はこうだ。

「フラフレ殿よ……、そなたの望みはできる限り叶えたいと思っている。ただし、フラフレ殿が今後後悔しそうな望みを叶えたいとは思わぬ」

「え？　私の望みって後悔しちゃうものなのですか？」

「そう思う。こんな場所でひとときの過ちを犯し、そのうえ、万一にでも子供ができてしまったら……」

「はい？　フォルスト陛下はなにを言っているのですか？」

「む？」

フラフレがとても不思議そうな表情をしながら私をじっと見てきた。

「多分ですけれど、私の企みをフォルスト陛下は勘違いしていますよ……？」

「そうなのか……？　すまぬ。勘違いのせいでとんでもないことを言ってしまって」

「だから安心して来てください」

フラフレの笑顔に私は負けた。そうだ、彼女は性欲で変なことをするような子ではないはずだ。私はなにを疑ってしまったのだろう。情けない……。

きっと、やましいこと以外で、女風呂でフラフレなりになにかしたいことがあるに違いない。

「わかった。ついていこう」

「良かったー。あ、ところで……」

「なにか？」

「どうやったら子供ってできるのですか？」

「……。私は知らぬ……」

このとき、私はフラフレに嘘をついてしまった。

こういうことはアクアに任せることにしよう。同時に、フラフレの身の回りの世話係を任せているアクアには、休養をしっかりと与えたほうが良いと身をもって思った。

女風呂の脱衣所に移動し、真っ先にフラフレはとんでもないことをはじめた。

「なっ……！　やはり一緒に入浴するつもりなのか？」

「へ？　そうですけれど」

なんの躊躇(ちゅうちょ)もせずにフラフレはワンピースをめくり、ついには脱いでしまった。

フラフレの水色の下着があらわになってしまい、私はすぐに目を逸らす。

「フラフレ殿！　羞恥心というものはないのか？」

「もちろんありますよ？」

そう言いながら、ついに下着まで脱ぐ音が聞こえてきた。

これはさすがにマズい。一瞬見てしまった身体は、スラリと大人びていた。フラフレは可愛い。だからこそ、変な方向にならないよう、私は必死だった。

「早く行きましょうよ」

「なぜだ？　裸を見られて恥ずかしいとか、そういう気持ちにはならぬのか？」

「いやらしく触られたりしたら、恥ずかしいというよりも気持ち悪いって思ったりするかもしれませんね……」

「当たり前だ！」

「でも、見られても別になんとも……。服だって防寒で着るものなのでしょう？」

「そういうことか……」

ようやくフラフレの考えが理解できた。

彼女の知能は、本当に生まれたての小さな子供のように無邪気で、良い意味で無知。裸であってもなんの抵抗もないのだろう。それなら、一緒に風呂に入ろうと誘うのも納得ができた。

「フラフレ殿よ、ひとつ覚えておきたまえ」

「なんですか？」

「アクア相手ならまだ構わない。だが男には、裸はおろか、下着も決して見せぬように！　世の中とはそういうものなのだよ」

「……そういうものなのですね、わかりました。でも今日は目的もあるのでフォルスト陛下はつき合ってくださいね」

「わかっとらんではないか……」

　これ以上言ってもダメかもしれない。要は、私がフラフレの裸を不用意に見ないようにして、なおかつ触れないように気をつければ良いのだ。

「少し待たれよ」

　私は大急ぎで大きなタオルを二枚、施設から持ってきた。王族貸切の日は店員も休暇のため、全てがセルフサービスである。タオルを一枚、目を瞑りながらフラフレに渡した。

「せめて、タオルで隠すのだ」

「はい、こうですか？」

「ぶふぅっ……違う！」

　フラフレは、こういうところは本当にポンコツ級のド天然だ。

　あろうことか、顔を中心にタオルをあてるだけ。

　大きいタオルのため、おなか辺りまではかろうじて隠れているが、下が丸見え状態だった。

「まったく……。こうするのだ……！」

　私は自らの身体にタオルを巻き、教えた。

　フラフレは『なるほど～』と感心しながら不器用なりになんとかタオルを使う。

続けて、私も服を脱ぎ、タオルを一応巻いておく。

特に羞恥心というものはないが、フラフレに容易に見せないほうが良い。

(ここの浴槽は広いし、密着さえ避ければなんとかなるであろう……)

浴場へ向かうと、さっそくフラフレは慣れた手つきで身体全体を洗いはじめる。

私もフラフレから離れた場所で汚れを落とした。

頭を洗っている最中の、目を瞑っていてなにも見えないときのことだ。

「フォルスト陛下?」

「ぎゃ!」

「洗いっこしませんか?」

「は?」

フラフレよ、なにもわかっていないではないか!

「アクアに頭を洗ってもらったとき、すっごく気持ち良かったんですよ~」

「いや……しかし」

「良いから良いから♪」

フラフレがいやらしい気持ちで誘っているわけではないことくらい、容易に想定できた。

私も度重なる押しに負け、なにが正しいのかよくわからなくなってしまった。

「うむ……ではよろしく頼む」

「はい」

頭だけならまだ良いだろう。

フラフレは、私の頭を丁寧にマッサージしてくれた。

「確かに気持ち良いな……」

「でしょう？」

フラフレの素手が私の頭を撫でてくれているようだった。

力加減云々よりも、フラフレの優しさが十分に伝わってきて、心地良い気分だ。

一緒に入浴というのは問題があるかもしれないが……。

「ずっと昔、このように頭を洗ってもらったことがあるような……」

「え？　なんですか？」

小声でボソリと喋っていたから、フラフレには聞こえなかったのだろう。これに関しては私の過去の話だ。特に喋る必要もあるまい。

「なんでもないよ」

「そうですか。んー、よいしょ……よいしょ……」

「あまり無理することもない。そう長くマッサージしていては、腕と指が疲れるであろう」

「もう少しやりますね。いつも国のために頑張っているフォルスト陛下の疲れを吹っ飛ばしましょう～」

「あぁ……ありがとう」

フラフレのペースに完全に流されていることを、このときの私は気がつかなかった。

ただただ、心地良いマッサージと、フラフレの優しさを楽しんでいた。

こんなところをアクアに見られたら、夜どおしで説教されてしまうだろうな。

「じゃあ、今度は一緒に入浴ですね」

「今日は貸切だ。タオルを着用したまま入りたまえ」

「へ？　あ、はい」

フラフレはごく自然に温水に浸かった。さすがに私の前ではダイブはしなかったか。

私もフラフレに続き、ゆっくりと湯船に浸かる。

「ふぅ……」

こうやってゆったりと風呂に浸かったのはいつぶりだろうか。

どうやったら民が少しでも楽になり食に困らなくなるか、なにをしていても毎日そればかりを考えていた。

「なんか、良いですね」

「ん？　なにがだ？」

「フォルスト陛下のそういう顔、なんというか、すごくリラックスしている感じがして」

「そうか？　フラフレ殿のおかげかもしれんな。ありがとう」

「ひょえ？　そんなことは……」

おや、まだ入ったばかりだというのにのぼせているようだ。

フラフレの顔が赤くなっている。

「そろそろ出るか？」

「もう少しだけ良いですか？」

「私は構わぬが……」

しばらく彼女を放置し、私は少し離れた場所でフラフレのことを真剣に考えていた。

彼女は聖女なのに、知識面ではあまりにも未熟なのだ。本来ならば国として重宝する存在でもあるし、雑なことは決してされないはずだし、基本的な教育だって提供されるはず。

「まさか……な……」

私の嫌な予感が正しければ、フラフレはとんでもない仕打ちを受けていたことになる。やはり聞いたほうが良い！

「少々聞きたいことがある」

「…………」

返事がない。

近づいて再び声をかけた。

「フラフレ殿？」

「…………」

「まさか！　おい！」

あわてて、タオル越しにだが、フラフレの身体に触れた。

「むにゃむにゃ……」

「寝ているだけか……脅かしおって……」

だが、フラフレの顔が真っ赤になっている。

このまま放置していては危険だ。

「フラフレ殿！　起きたまえ！」

「むにゃむにゃ……」

アクアから聞いたことがある。

フラフレの世話をするなかで、一番大変でなおかつ危険なことがひとつだけある。それはフラフレを起こすときだと言っていた。

とにかく寝相と寝起きが酷すぎるそうだ。

今のフラフレの寝相に違和感はないが、声をかけても起きる気配がまるでない。

「まったく……。せめて服さえ着てくれていれば……」

湯船の中での深い睡眠は危険だ。

タオル越しになんとかフラフレを担(かつ)ぎ、外に連れ出さなければ。命に関わる可能性がある。

担いでいる最中にフラフレが目を覚ましたら、それはそれで私の命も危険だ。

だが、考える猶予(ゆうよ)も服もない。

「よいしょっと……」

タオルを駆使し、フラフレをお姫様抱っこのような状態にして、脱衣所まで連れ出した。

横になれる長さの椅子があるため、そこにフラフレを寝かしてタオルをさらにかぶせた。

私は、身体をかわかし服を着た。フラフレはまだ眠っている。

「ふっ……まったく。無防備にもほどがある……」

しばらく待つことにしよう。フラフレの寝顔を見ながら、私は隣の椅子に座り、くつろいでいた。

そして、いつの間にか目を閉じてしまった。

しまった。寝てしまっていた。

ふとフラフレのほうを振り向いたら、とんでもない事態になっていた。

「ぶふぅぅうっ！」

アクアが大変だと言っていた理由がよくわかった。

さっき寝かしつけたときとはまるで別の格好になっていた。椅子からは落下状態。タオルは全て床に散乱している。フラフレは両手を頭の上にあげて万歳をして、両足は開脚していて、口が大きく開いている。

つまり、ここまで細かく説明できるほど観察してしまったということだ……。

だが、それも仕方がなかった。

最初こそ裸体を見てしまい動揺していたが、フラフレの身体に驚きを隠せなかったのだ。

「このアザは最近のものではないだろうな……」

服で隠れるような箇所に、治っても痕になってしまったような、変色している箇所がいくつもあったのだ。アクアからも聞いていたが、想定していたものより深刻だ。

これはやはりハーベスト王国で暴行を受けていたに違いない、と確信した。

同時に、フラフレのことを尊敬した。

「そうとうつらい思いをしてきたのだろう……。かわいそうに。だが、今はこんなにも元気になっているとは。よほどメンタルが強いか我慢強いか……。ともかくフラフレは強い子だ」

小声で呟きながら、再び全裸のフラフレにタオルをかぶせた。今後も元気なフラフレを見ていたい。できる限り力になれるよう尽くそうと、私は心の中で誓った。

だが、その直後だ。

「うぅぅぅん！　んんううううぅぅぅっ！　がぁぁあああっ！」

せっかくかぶせたタオルを蹴っ飛ばしてくれた。

再び全裸だ。

降参しよう。もう無理だ、手におえない。これ以上身体を見るわけにはいかないが、もう一度だけタオルをかぶせる。

すぐアクアに助けを求めなければ！


「待て、アクア！　誤解だ！」

「言いわけ無用！　陛下ともあろうお方がなにをやっていたのですかぁぁっ！」

アクアが、目から火を放つかのような勢いで私を睨みつけてきた。

フラフレがいつ目を覚ますかわからない。このまま放置していては身体が冷えて風邪を引いてしまう。そこで御者に頼んで、アクアをここ温浴施設へ呼ぶよう伝えた。

そしてアクアが来て、脱衣所へ行った途端に私は大目玉を食らった。

当然といえば当然か。フラフレの要望どおりにしていたら、いつの間にか一緒にお風呂に入ることになった。しかも、全裸を見てしまったのだし、弁明のしようがない。

「フラフレ様が仮眠してしまってタオルをかけるところまでは良しとしましょう。でもそのあと、フラフレ様の寝相の悪さに怯えて外へ逃げるなんてなにごとですか？」

「怒ってるのは、そこなのか？」

「当たり前でしょう！　何度でもタオルをかぶせてあげれば良いではありませんか！　身体に触れても起こせば良いではありませんか」

「いや……しかし格好が……それにフラフレ殿は純粋なのだよ。私が触れるわけには……」

「はぁ……ヘタレ陛下ですね。そんなことで怒ったり抵抗するような感情があったら、一緒にお風呂など入るとは思えませんけれどね！」

もちろんそんなことはわかっている。

だが、これは個人的な問題もあったのだ。

こんなことでフラフレにドキドキしてしまうのは最低だと思った。彼女の笑顔や無邪気さでドキドキしたい。

そんなことをアクアに報告するなどできるものか。

「まぁ、私を呼んでくれたのは正解でしたね。事前にフラフレ様を起こす手段を伝授しておくべきでした。申しわけありません」

「起こす手段？　椅子から落ちても寝たままだったのだぞ。そのくせ寝言は激しい……。なにをやっても寝ているというのに、なにかコツがあるのか？」

「はい。しかも簡単な方法です」

アクアがフラフレに服を着させたため、もうフラフレを見ても大丈夫だ。

それにしても、服を着せている最中でも目覚めないとは。いったいどうすれば目覚めるというのだ。

「フラフレ様。どろんこ遊びの時間です！」

「ふぅああい！」

今までグッスリすやすや寝ていたフラフレが、目覚めの呪文が発動したかのようにピクリと反応して目を開いた。

「ふぁぁぁあああ。のうえんでつちと遊ぶ〜……。んんっ？　あれ？」

「気がついたか……？」

「あれ？　ここは新しい農園ですか？」

フラフレは寝ぼけながらきょろきょろと周りを見渡す。

しばらくして、フラフレがなにかを思い出したかのようにハッとした。

「あ！　そういえばお風呂の中で気持ち良くなっちゃって眠気が襲ってきて……」

「そうだ。湯船の中で眠るのは危険だ」

「寝ぼけていつの間にか着替えていたのですか？」

「フラフレ様をここまで陛下が運んでくれたそうですよ。私が服を着させました」

「あぁ……それはお手数をおかけしてしまって申しわけ……へ？　はこぶ？」

「すまぬ。タオルを厳重に巻いてはいたが」

「ひょぇぇぇぇ……！　あ、でも助けてくださってありがとうございます」

フラフレは一瞬恥ずかしそうな表情をしたと思ったが、すぐにぺこりと頭を下げてきた。

「ところで、私どれくらい眠ってしまったのでしょうか……」

「そろそろ日が暮れる」

「そんな……申しわけございません。フォルスト陛下を連れていきたいところがまだあったのに、寝てしまうなんて……」

フラフレは、しょんぼりした様子になってしまった。彼女が起きているときの仕草は可愛い。

やはり私は、もっとフラフレと共に過ごしたいと思ってしまう。

「また別の日に、フラフレの行きたいところへ私も同行しよう。だから落ち込むことなどない」

「良いのですか？　だって、国王って忙しいでしょう？　私ばかりに時間を使ってしまっては」

フラフレは私のことを気遣ってくれているようだ。

彼女は、無邪気で、楽しむことが大好きな性格で、気遣いまでできる。

ますます惚れてしまいそうだった。

「心配しなくとも良い。フラフレ殿が望むのならば、時間は可能な限り作る」

「ありがとうございます！」

フラフレと一日過ごしてみてわかったことがある。

このままではフラフレは危険だ。純粋で無知すぎるため、いつ他の男から危険な目に遭わされるかもわからない。しばらくは私が側につき添って敵から守らなければならないだろう。

そのために、国務を迅速に終わらせて、なるべくフラフレと時間を過ごすことに決めた。朝と夜の食事は毎日一緒にするよう心がけたい。

今後をどうするか考えるよりも先に、私はフラフレに言いたいことがあった。

「フラフレ殿……」

「なんですか？」

「今日は私も楽しかったし、疲れも取れたような気がする。願いを叶える立場の者が満喫してしまったようだ。だが、ありがとう」

「良かったです～！」

フラフレの笑顔を決して汚してはならない。

「ミーリに頼みたいことがある」

「なんでしょうか、お父様」

バルメルは自室にミーリを呼び出した。彼の計画がはじまろうとしていたのだ。

「隣国にリバーサイド王国という国がある。その国は毎日のように雨が降り続き、我が国から食料を買っていかねばならないほど酷い有様だ。そこでしばらくの間、護衛をつけてリバーサイド王国へ出張してもらいたい」

「そんな地獄のような国へ、私が行かなければならないのですか……？」

「ミーリには聖なる力がある。その力を見せつけてくるのが今回の狙いだ」

バルメルは、確信していた。王宮の農園で育てた野菜を食べているミーリならば、国を丸ごと一人で支えられるくらいの力を持っているだろう、と。今後のハーベスト王国はミーリ一人で十分となれば、他の聖女たちがバルメルにとっては邪魔になってくる。

「見せつけてどうするのですか？　もしその国が私をほしがったりしても、他国で過ごすなんて嫌ですわ」

「他の聖女たちをリバーサイド王国へ売るのが目的だ。ミーリが不在中も、残った聖女たちでこの国の天候を晴れさせていれば、やつらも納得するだろう。リバーサイド王国が求めているのは、雨の降らない国なのだ」

隣国に恩を売っておけば、ハーベスト王国にとっても莫大な利益が生まれる。

他の聖女がいなくなり、ミーリが国を支えるような大物になれば、公爵家の名前も歴史に残せるだろうとバルメルは思っているのだ。

「私がいなくてもこの国は大丈夫でしょうか？　他の二人では荷が重すぎるのでは？」

「兄上が育てている野菜があるから大丈夫だろう。聖女たちに食べさせると言っていたぞ」

「私にはただの野菜としか思えませんでしたけど……。むしろ毎日農家から仕入れている野菜のほうが美味しいと感じましたが」

「兄上から、王宮で育てた野菜は疲労回復、体力回復の効果があると聞いたが」

ミーリは野菜が大好物なため、今の王宮で採れた野菜には納得できなかった。

だが、これ以上主張してしまうと、今回の提案すらなくなってしまうかもしれない。ミーリはバルメルの提案を利用すれば、自分に都合の良い展開になっていくのではないかと考えていた。

「野菜はともかく……。これは私にとってチャンスですし、リバーサイド王国へ行ってきましょう。その間、他の聖女たちにはしっかりと加護を与えるように命令しておきますので」

「期待している。リバーサイド王国では、必ず自らが聖女だということを主張してから加護を与えるのだ。ハーベスト王国には素晴らしい聖女がいるということを知らしめるために」

「確か、リバーサイド王国にはフラフレも行ってますわよね……？　ハーベスト王国の聖女の印象が悪くないか心配です」

「それは問題ない。御者に確認したところ、あの女はもう生きてはいないのだよ」

「なぜですか？」

「王都の近くで乗り物酔いをした彼女を、荒野に捨てたらしい。これぞ廃棄だ」

それを聞いたミーリはクスクスと笑いはじめた。

「お父様ったらこんなときに冗談ばかり。そんなことになっていたなんて、聖女代表だった女だというのに聞いて呆れますわね」

ミーリはバルメルとは違う視点で考えていた。自分が国から離れ、二人の聖女が悲鳴を上げながら力を解放している姿を想像していた。

（伯父様たちに、私の聖なる力が規格外だということをわかってもらえるチャンスね。それでも、この国を晴れさせるのに、私一人では限界があるし、他の聖女たちをリバーサイド王国に

は渡さない）

ミーリがいなければ国が崩壊するかもしれない、という大変な状況を経験し、国の存続も危うくなることを理解してもらえるチャンスだと考えていたのだ。

「この件は陛下には黙っておくように」

「なぜですか？」

「これは私の独断だからだ。だが結果を知れば陛下からも評価されるだろう」

「良いのですか……？」

「ミーリの聖なる力がそれだけすごいと確信しているから大丈夫だ。隣国に貢献すれば、向こうの国と我が国の両方でミーリこそ英雄聖女であると歴史に名を刻むだろう」

バルメルは自分自身が偉いと思うばかりに、頬を掻きながら照れていた。

このあと、大きな手柄を立てたことでジャルパルから褒美をもらえ、ミーリが国中から感謝されるだろうと思いながら。

「わかりました。すぐにでも出発して、リバーサイド王国に私の素晴らしさを見せつけて差し上げますわ」

「うむ、期待している」

バルメルは知らなかった。

ミーリと二人の聖女が力を合わせて本気で努力することでようやく、王都だけは僅かながら晴れ間を作ることができた、ということを。

それぞれの企みによって、ジャルパルの運命が大きく変わってしまうことなど、二人は知らない。

悪天候の中、馬車はリバーサイド王国へ向かっている。

「ミーリ様。もう間もなくリバーサイド王国の領地です」

「思ったより遠かったですわね」

ミーリをリバーサイド王国まで運んでいるのは、かつてフラフレに嫌がらせをして荒野に捨てた御者だ。

ミーリがカーテン越しに、雨のやんでいる外の景色を眺める。

「それにしても……。私の聞いた話ではリバーサイド王国って、ハーベスト王国よりも気候が悪いはずですが……」

「王都方面の空は晴れていますね。羨ましいですな。聖女の力も借りずに奇跡的に太陽が出てくるなんて」

「なに呑気なことを言っているんです？　早く雨が降ってくれなきゃ私の聖なる力を証明でき

ないでしょう！」

　ミーリが遠乗りしてまでリバーサイド王国へ来た理由は、聖女の売名である。

　晴れたままでは力を示すことができないが、ミーリはやがて落ち着いてきた。

「心配無用です。私は物資の輸送で何度もこの国へ来たことがありますが、普段は雨ばかり降っています。今日は偶然でしょう」

「それなら良いのですが。せっかくですから王都の観光もしてみたいですわ」

「残念ながらミーリ様が喜びそうな場所など、こんな国にはないかと……。雨続きで崩壊しそうなくらいですから」

　ミーリは御者の話を聞いて愉快そうに笑う。

「それが楽しみなんですよ。私だけの力で、ひとつの国を救って差し上げるんです。どれだけ貧しい国なのか、見ておきたいんです」

「なるほど……。そういう意味でしたら、様々な場所へご案内できるかと。特に農園は泥まみれの湖のようになっていましたな」

「なるほど、それは面白そうね。是非、行ってみたいですわ」

「かしこまりました。ご期待ください」

　ミーリの期待とは裏腹に、リバーサイド王国へ入った辺りで雨は完全にやんだ。

王都へ向かっていけばいくほど湿気もなくなり、過ごしやすい環境になっていった。

ミーリたちは何日も馬車内で過ごし、ようやくリバーサイド王国の王都までたどり着いた。

雲ひとつなく、雨が降る気配がまったくないほどの快晴だ。

ミーリは、偶然にしてはおかしい、まるでハーベスト王国で誰かが聖なる力を発動しているかのようだ、と感じた。

「ねぇ。リバーサイド王国には、私みたいに優秀な聖女がいるのですか？」

「いえ、聞いたことがございません。そもそも聖女がいたら、以前から天候に困っていなかったはずですから」

「そう……。やはりこの快晴は偶然ですよね」

「そんなにご心配でしたら、王都の検問所で聞いてみましょう。きっと、昨日や一昨日にたまたま晴れて、民衆は大喜びです、などと言ってくるに違いありません」

ずっと良い天気が続いています、などと言われでもしたら、ミーリにとってはたまったものではない。リバーサイド王国で大きな功績を残すかどうかに、彼女の命運がかかっているのだ。

しかし……。

「最近は、なぜかずっと晴れが続いていましてね。生まれて以来初めてですよ。こんなにも清々しい陽気の中、検問所で働けるのは」

警備兵がニコやかな表情で御者に答えた。

想定外の返答を受けた御者は、ミーリに対してとても気まずくなった。

だが、ミーリはホッとした表情を浮かべている。

「心配には及びません。警備兵も『なぜかずっと晴れ』と言っていたでしょう？　つまり、結局のところあなたの言っていたように、奇跡的に良い天気が続いているだけなのですわ」

「な……なるほど」

「しばらくこの国で待ちましょう。元々は雨しか降らないような国らしいですから、いずれ空模様も怪しくなってくるはずです」

「承知しました」

「さあ、そうと決まったら観光ですわぁ！　さっそくこの国の農園へ連れていってください。泥まみれの湖ではなくなっているかもしれませんが、野菜もろくに育たないような湿った土を見れることでしょう」

ミーリたちは近くにある農園へと向かう。そこでミーリたちが目にしたものは、予想とはまったく違った。立派な野菜が畑に満遍なく育っていたのだ。

「あ……ありえませんわ。長いこと雨に打たれ続けてきた土からこんなに元気な野菜が育つなんて……」

「きっとここの農園だけは、高級な肥料かなにかを使って育てただけでしょう……。他の農園もまだありますし、そこではこのようにはいかないはずですよ」

「これでは私の存在意義が……！」

ミーリは不機嫌になりながら次の農園へ向かう。

だが、その次の農園も、そのまた次も、豊作状態が続いていた。

「ちょっと話を聞いてきます！」

「あ……ミーリ様！」

ミーリは六箇所目の農園でも豊作な状況を見て、明らかにおかしいと思った。

実はリバーサイド王国には、ミーリたちとは比較にならないほどの聖女がいるのではないかと不安になったのだ。同時にミーリの対抗心が燃え上がった。

「私より格上の聖女なんて、絶対にいてはいけないのです……！」

ミーリは苛立ちをあらわにしながらも、すぐに表情を穏やかにして、農園で作業をしている五十代の男に話しかけた。

「こんにちは。農園見学をしていたのですが、ずいぶんと豊作ですね」

「おうよ。なにしろ王宮で野菜を作っているお方の力を借りたもんでね」

「え……？　聖女様ではなくてですか？」

「聖女？　はは、もう聖女なんてこの国にはいねーからな……」

フラフレが農園でどろんこまみれになりながら聖なる力を使っていたのだが、男がこう答えるのも無理はなかった。

『王宮から民衆に配給している野菜を作っている人が、あなたの畑にお邪魔します』という告知を受けて応募したのだから。

フラフレの存在は知っているものの、彼女が聖女だということは男も知らない。それを知っている農園関係者はミラーシャただ一人なのだ。

いっぽうミーリは、聖女がいないとわかってホッとした。

同時に、これほどまで豊作にしてしまう力とはどんなものなのだろうと興味を示したのだ。

「どんなお方なのですか？」

「可愛い女の子だったぞ。この農園で楽しそうにはしゃいでいる姿を見てたら、俺まで楽しくなっちまったよ」

「その子は今もどこかの農園にいるのでしょうか？」

「さぁ、そこまではわかんねーけど。まぁこれもなにかの縁だ。せっかくだし一個食ってくか？」

「わぁ！　ありがとうございます！」

野菜が大好物のミーリは、採れたての野菜をひとつ受け取り、ご満悦だった。

ミーリはさっそくその場で食べたのだが、あまりにも衝撃的な味に、目は大きく開き、今までの旅の疲れが吹き飛んだ。

まるで野菜に幸せをもたらす魔法がかけられているみたい、と思ったほどだ。

「どうだ、うめーだろ？」

「こ、これは……。今まで食べてきたどんな野菜よりも美味しいです……」

ミーリは、このような野菜を作ってしまう女の子を是が非でも捕まえて、ハーベスト王国に連れて帰りたいとまで考えた。

本来の目的を忘れてしまうくらいに衝撃的だったのだ。

ミーリは馬車に戻り、興奮した声で御者に命じる。

「大至急、王都にある農園をくまなく散策してほしいです！　農園に女の子がいたらそこでとまってください！」

「急にどうされたのですか？」

「これはお父様も伯父様も、きっと喜んでくださる情報ですわ。素晴らしい発見ですから」

「は……はぁ。では」

いくつもの農園を回ったが、女の子がいる気配などなかった。

困惑しながらも御者は馬車を走らせ続け、ついにミーリの執念は叶う。

「あ、あの農園に女の子がいますわ！　ここでとめてください！」

ミーリは馬車から降りると、そっと農園へと向かっていく。

そこで見た光景は……。

「へ……あれは……、フラフレ？　いや、違う？」

ミーリの心臓はバクバクと激しく鼓動するも、さらにもう少しだけ近づいた。

フラフレが畑で仰向けになって寝転んでいる姿。その近くにはおでこに手をあてて『あちゃー……』といった表情を浮かべている、メイド服のアクアがいる。

「……いえ、本物ですわ……」

「なんであの女がリバーサイド王国に……。まさか、さっきの野菜もフラフレが？」

ミーリが疑うのも無理もなかった。

フラフレは、国を追放されたときとはまるで別人のように、身体がふっくらとして、やや痩せ気味くらいの体型になっていた。目を瞑って寝ているが、よだれを垂らしながら口を大きく開き、幸せそうな顔をしているのだ。

「フラフレ様ー、そろそろ食事の時間ですよー」

「ふぁああ！　ごはんー」

アクアの、呪文のような目覚ましコールを聞いたフラフレは、ピクリと目を覚まし立ち上がった。バタバタと駆けながらアクアのほうへと向かっていく。

その状況を、ミーリはコッソリと陰で監視していた。

（フラフレで間違いなさそうね。それにしても、なんてだらしない格好をしているのかしら）

「楽しかったぁ～」

（ふふ。たかが昼寝を楽しむなんて、よほど普段の生活で大変な思いをしているのでしょうね）

「まったく、口の中まで泥まみれになって……。お水ですすいでください」

「食べちゃダメ？」

（は？　土を食べちゃうの？）

「ダメです！」

（あのお姉さんもかわいそうに……。きっと大変な思いをしながら働いているんだわ）

フラフレはアクアに渡されたタオルで顔をゴシゴシと拭き、笑顔になっていた。

ミーリはフラフレが幸せそうにしている姿を見て、両手を強く握りしめる。

（どうしてあんなダメ女が楽しそうにしているんです……？　私よりも非力なくせに、なに自分ばっかり楽しそうにしているんでしょうか……）

だが、怒ってはいたものの、冷静に考えたミーリは、徐々に落ち着きを取り戻し、確信した。

フラフレはただ遊んでいるだけで、野菜を育てた張本人ではないと判断したのだ。

「どうせどっかの商人に拾われて働かされているんでしょう。今日はたまたま休日で、なにも野菜が実ってないこの畑で遊んでいるだけ。なんて娯楽の少ない国なのでしょうか……」

ミーリはフラフレのことを放置して、御者に次の農園へ向かうよう命じた。当然ながら、どこの農園へ行っても、ミーリは求めている女の子を見つけることができなかった。

さらに数日経ったが、まったく雨が降る気配のないリバーサイド王国。

「悔しいですけど、民衆には知られていないだけで、強力な聖女がいるんでしょう。私の力をお披露目できませんわ……」

「その割にはご機嫌ですね」

「だって、こんなにたくさんの野菜を買えましたからね。貴重な情報も手に入ったし、目的とは違うけどお父様も喜ぶに違いありませんわ」

今までのミーリであれば、このような器の広い心を持っていない。だが、フラフレの力による野菜をたくさん食べた影響で、今だけではあるが心も回復していたのだった。

「ではハーベスト王国へ戻りますか」

「えぇ。あ、最後にそこの野菜も買っていきましょ」

「まだ買うのですか……？」

「移動中は美味しい野菜を食べ放題よ」

ミーリたちはハーベスト王国へ帰ることにした。

なんの成果も上げられなかったが、大量の野菜をお土産にしてミーリは満足だった。

第五章　フラフレはようやく見つける

ハーベスト王国への調査で送っていた諜報員が帰ってきた。

諜報員が得た情報では、フラフレがなんらかの酷い扱いを受けていたこと、ハーベスト王国内で『無能聖女が廃棄処分された』という噂が広まっていることまでしかわからなかった。

だが、フォルストたちにはその情報だけで十分である。フォルストとアクアは報告を受け、緊急会議をはじめた。今までのような平穏な空気がまるでない。

「ふむ、やはり思ったとおりだったか……許せぬ！」

「フラフレ様を廃棄処分だの、無能聖女だのと言っていたそうですね……」

「これで全て納得できた。フラフレ殿を最初に発見したときの服装、衰弱しきった身体、なぜハーベスト王国にいたころの話をしないのかが……」

「まるで昔の陛下そのものですけどね」

「あぁ……」

フォルストはふと、幼かった自分自身のことを思い出す。

同じような仕打ちをフラフレも受けていたと知り、怒りを隠しきれずにいた。

「今後、ハーベスト王国とは物資のやりとりはしない」

「向こうから断られる前に、こちらから先手を打つわけですね」

「あぁ。諜報員の報告で、あちらは雨がずっと降り続いているとも聞いた。おそらくだが……、雨がやむことはないだろう」

「まるでフラフレ様が来る前のリバーサイド王国ですよね……」

フォルストはふと、雨が降り続いていたころを思い出した。

作物が育たず、飢えに苦しむ民の姿。

リバーサイド王国の民が生き抜くためには、ハーベスト王国に頭を下げてでも、法外な金貨を請求されようとも、食料を仕入れる必要があった。アクアたちへの給金もろくに払えず、金品の大半はハーベスト王国に搾り取られていた。

だが、フラフレが聖なる力を使ったおかげで、リバーサイド王国は救われはじめた。

フォルストはフラフレに対して、どれだけ感謝すれば良いかわからない。そう考えると、『廃棄処分』という言葉を平気で使うようなハーベスト王国の国王たちに怒りを覚えた。

「前は、あの国で悪天候など聞いたことがなかった。あの国が今晴れないのは、フラフレ殿が今まで晴れさせていたからだろう。それを廃棄処分と称して荒野に捨てるなど考えられぬ……」

「陛下も廃棄処分されて、ハーベスト王国から追放されたのでしたよね？」

「私の場合は、この国の助けがあったからこそ幸せになることができた。私がなにもせずとも……だ。フラフレ殿のときとは違う」

「むしろそれがあったからこそ、フラフレ様も救われたと思いますけどね。陛下が今の地位にいなければ、フラフレ様は今ごろ……」

「想像するだけでゾッとする……。私ではなく、民がフラフレ殿を救ってくれたと考えるべきだろう」

今まで怒りの感情を隠しきれなかったフォルストは、少しだけ笑みを浮かべた。

「陛下の直感と判断でフラフレ様が今の状況にあることもお忘れなく」

「直感か……。不思議なのだよ。ハーベスト王国から追放されたときも、直感で進んだ道に食べ物や水があり、この国まで自力でたどり着けた。あれは特に奇跡だったな……」

「その割には、先日フラフレ様をすっぽんぽんにして放置していたときは、直感がまるで働いていませんでしたよね。それともあえて？」

「違うわっ！」

アクアはフォルストの盛大なツッコミを聞いてふふっと笑った。

「陛下のいつものツッコミが入ったので私はひと安心しました。このまま怒りに任せてハーベスト王国に制裁を加えるのではないかとヒヤヒヤしていましたから」

「さすがにそのようなことは決してしない。さて……、向こうの者たちが、力を目的にフラフレ殿を返せというような事態も想定できる。常に監視を続けたほうが良いかもしれん……」

「陛下がフラフレ様と結婚すれば全て解決ですねっ♪」

「展開が早すぎる！　フラフレ殿の手に触れるだけでも緊張しているくらいなのだからな……」

「あぁ、そういうところはヘタレ陛下ですからね。裸のフラフレ様の前ではなにもできなかったようですし」

「からかうでないっ！」

「ともあれ、私もフラフレ様とお風呂に入って身体をゴシゴシと洗うようお願いされたときは、毎回ドキドキしています」

「まさか、アクアもフラフレのことを？」

フォルストが今までで一番の動揺を見せた。それを見てアクアは満足そうな顔を浮かべる。

「ふふ……、半分冗談です。フラフレ様のことは大好きですが、ここは陛下にお譲りしますよ。でも監視と護衛は強化します」

「私のことを毎回からかってきおって……。護衛に関しては真剣に頼む。どうも嫌な予感がする……」

「陛下の嫌な予感は危険ですね……。万全の警戒を心がけます」

「フラフレ殿には無理に隠す必要はない。さすがに違和感に気がつくだろう……」

「ではギリギリまでは黙っておきますね。フラフレ様もいきなり護衛が配属されたら不安になるでしょうから」

フォルストは予感を外したことがほとんどない。

アクアは今まで以上に、フラフレへの警備関連を重視することにした。

「ん？　んんんんん〜？」

今日はそれなりに楽しく、王宮の農園で遊んでいる。

だが、どういうわけか、今日はアクアも一緒にどろんこまみれになっているのだ。今まで絶対に土に立ち入ることのなかったアクアが、だ。普段のメイド服すら汚れてしまっている。アクアが私にしがみつくような状態が続いていた。

なにかがおかしい！

「どうされましたか。まるで私のことを変態扱いするような目をしていますが……」

「変態とは思っていないよ。いつもよりやたらと近くにいるなぁって」

それだけではない。私の周りには十人規模の見学者がいるのだ。

私が聖女だということは黙ってる、って言っていたような気がしたんだけど……。

「お気になさらず。私もどろんこまみれを経験してみようかと思ったまでです」

「なーにか隠してない？」

「いえ、まったく」

「あの見学者たちはなぁに？」

「あぁ……。遠足ですね」

「王宮に遠足？　みんな見た目が強そうな人たちなんだけど……」

しかも、かなり物騒な武器のようなものまで持っている。

私たちが狙われているのではないだろうか。私が彼らを思いっきり警戒しているため、いつものように自由気ままに楽しむことができないのだ。

「彼らは私の部下でもありますから、気にしなくても大丈夫ですよ」

「え？」

「しばらく彼らの見学が続くかもしれません。ですが、フラフレ様に万が一のことがあった場合、彼らがいるので安心できます」

「そんなに物騒な国じゃないと思うんだけど……」

リバーサイド王国はとても平和な国だと思う。

今まで、たくさんの農園へ遊びにいって、野菜を育てる手伝いという名目で土と戯れてきた。

そこで出会った人たちは、良い人ばかりだった。今のところ危険な出来事などまったくない。

もしもだけど、遠足の人たちが護衛だとしたら、とんでもない事態になっているのではないかと思ってしまっただろう。

なぜならば、フォルスト陛下に配属されている護衛よりも人数が多いからだ。アクアの言ったとおり、ただの遠足と考えておこう。私は見た目が強そうな人たちに手を振った。

だが、どういうわけか彼らは会釈をしてくるだけだった。まるで社交辞令のように。

「ん～、遠足なのにお弁当持ってきていないのかなぁ」

「あまりお気になさらず……」

「でもせっかくの遠足なら、美味しいごはんあったほうが良いよね？」

実ったばかりの野菜をよいしょと持ち上げて、それを持っていく。

だが、なかなか受け取ろうとしてくれない。

しかも、遠足の人たちは困った顔をしながら、アクアに助けを求めているようだった。

「あぁ……、フラフレ様申しわけありません。彼らはフラフレ様の護衛です」

「えっ？　えええええぇぇっ！　こんなに大勢でなにかあったの？　どうして急に……？」

「あくまで用心です。陛下は勘が鋭いところがありまして、フラフレ様のことが心配のようです」

「勘が鋭いんだぁ……。すごいんだね！」

「さすがに百発百中とまではいきませんが、陛下の判断はほぼ信頼して良いくらいだと思っています」

私が孤児院にいた幼少期、勘の鋭い幼馴染がいた。

孤児院が取り壊されたとき、彼は国外へ廃棄されてしまったが、きっとどこかで生きていると信じたい。そういえば陛下って、あのときの幼馴染と少しだけ似ているんだよなぁ。あの幼馴染と同じような勘の鋭さだとしたら、今回の護衛に関しては概ね察しがついた。

「つまり、私が危険ってことなの？」

「……それはお答えできません」

いくら鈍感な私でも、今回ばかりは状況を理解できる。

アクアが私のそばについていたのも、守ろうとしてくれたからなのだろう。

「アクア、ありがとうね」

「なぜそのような返答になるのでしょう……？」

「守ってくれているからだよ」

私はお礼の意味も込めて、アクアをギュッと抱きしめた。

「ちょ……フラフレ様?」

「いつもありがとう。でもね、いくら危険っていってもそこまでのドジはしない自信があるよ?」

「はい……?」

アクアが不思議そうな顔をしながら私を見てくる。アクアがこういう目をするときは、大抵私がトンチンカンな答えを出すときだ。

だが、今回は真っ当な発言だから大丈夫だろう。

絶対に!

「陛下もアクアも、私が聖なる力の使いすぎで倒れちゃうことを心配してくれているのでしょう?」

「はい?」

「今日もいつもどおりにしているし、私はマイペースにしか動けないから大丈夫だよ?」

「あぁ……。なにもわかってない。これは陛下に要相談ですね」

「うん、もしも倒れそうなくらい身体が危険だと思ったらちゃんと休むから。私からもそう伝えるよ」

「いえ、そういうことではありません……」

それにしても私の健康管理まで気にかけてくれるなんて、フォルスト陛下もアクアも優しすぎだよ。

農作業が終わってお風呂に入ったあと、私はフォルスト陛下のいるところへ連れていかれた。


「フラフレ殿に聞きたいことがある」

「なんでも聞いてください。そんなにかしこまった表情をしなくても良いと思いますが、なにを聞こうとしているのですか？」

普段のフォルスト陛下だったら、単刀直入に聞いてくることが多い。

今日はアクアも変な雰囲気だったし、どうしちゃったんだろうか。

「ハーベスト王国では雨が降り続いているそうだ」

「あれれ……？」

「ん？　どうした？」

「いえ、あの国には聖女が三人いるはずなので……」

それ以上のことは言わないでおく。私が国外追放されたときに悪口を言われていたことをフォルスト陛下に言ってしまったら、絶対に怒り出すから。

「フラフレ殿が毎日聖なる力でハーベスト王国の天候を救っていたのだろう？」

「多分そうなんじゃないかなぁ、と……」

「多分？」

私には実感がない。なぜならば、地下牢で生活していて、外に出たことがほとんどなかったためである。外の環境がまったくわからないまま、毎日聖なる力を使っていたのだ。ほとんど感覚だけで晴れにして、たまに雨も降るようにしていた。

「フラフレ殿が聖なる力でハーベスト王国を救っていたと仮定しよう。報酬はしっかりと出ていたのか？」

「それは……」

毎日一度だけ少量のエサを提供されていました、とは言えないな……。

フォルスト陛下がこんなことを聞いてくるなんて。ハーベスト王国の天候まで知っていることを考えると、誰かが旅行かなにかであの国へ行ったのかもしれないな。

そこでなにかしら情報を仕入れてしまい、私の処遇がバレてしまったのかもしれない。

「えぇと、フォルスト陛下はどうしてそのようなことを聞いてくるのでしょうか？」

「ハーベスト王国は、悪い噂しか聞かないのだよ。ゆえに今後ハーベスト王国とは交流をもたない方針にしようと考えている。だが、もしもフラフレ殿があの国で高待遇を受けていたとしたら、考え直す必要がある」

「本当ですかぁぁあっ？」

「なぜこのタイミングで喜んでいるのだ……？」

交流をもたないってことは、無視するってことだろう。だとすれば、フォルスト陛下が怒っちゃってハーベスト王国と喧嘩する事態は回避できるかもしれない。

私が最も心配していたことがなくなるならば、今までのことを話しても大丈夫だろう。

むしろ今の私は、孤児院にいたころの話をしたかった。もしかしたらリバーサイド王国に幼馴染が逃げ込んでいて、どこかに住んでいる可能性もあるのではないかと思っているからだ。

「フォルスト陛下は、どんなことがあっても殴り込みにいくようなことはしないと誓ってくれますか？」

「はっはっは……、さすがにこちらから喧嘩を起こすような真似はしない。無論、あちらから攻め込まれたら防衛はするが」

「そうですか。たとえばですけど、アクアがどこかの国に酷い目にあわせられたとしたら……？」

「即刻、国ごと処刑する！」

「喧嘩しないって言ったばかりなのにっ！」

「ほう、フラフレ殿もアクアのようにツッコむようになってきたな。だが、国規模で酷いことをするのであればやむを得まい」

「うーん……どうしよう」

フォルスト陛下は、人をものすごく大事にしている。多分だけど、私もそのうちの一人にカウントしてくれていると思う。だから、私の状況を全部話したら危険なのだ。

今の私はとても幸せな毎日を送れている。余計な争いはしないでほしい。

「フラフレ殿よ、言いたいことはわかった。たとえどんな話をされても、絶対にハーベスト王国の者たちを直接処刑するようなことはしないと誓おう」

「間接的にでもダメですよ？　たとえば部下に頼んで処刑させるとか……」

「あぁ。そもそも部下にそのような汚い仕事をさせたくない」

部下にも優しいフォルスト陛下でよかった。

「アクアも証人になってくれたよね？」

「はい、しっかりと聞きました。仮に陛下が暴走するようなことがあれば、堂々と阻止することができます」

「良かったー。これでずっと聞きたかったことも聞けるよ」

孤児院の件を話す前に、フォルスト陛下に聞かれていたことを正直に話すことにした。

「えぇと、報酬は一日一食のパンや残り物をいただいていました」

「「は？」」

「たまーに、使い古しの服をもらえたりしていましたよ」

「「はっ？」」

「だからこの国の報酬はすごいなぁってずっと思ってました。特に、金貨のような綺麗な飾り物をいただけるのは本当に嬉しくて……」

「ちょっと待て！　フラフレ殿はハーベスト王国のどこで住んでいたのだ？」

「え……、幼少期は住む場所があったのですが、取り壊されてからは地下牢です」

「「はぁぁぁぁぁあああっ？」」

さっきからアクアとフォルスト陛下の息がピッタリだ。

私に対して、今までにないほど驚いたような反応をしている。

「地下牢で聖なる力を解放し続けろとジャルパル陛下から命じられていたので。どちらにしても、当時行く場所もなかった私は従うしかなかったのです」

ついにフォルスト陛下とアクアは反応すらしなくなり、黙ったまま、私の過去の話を聞く姿勢になっていた。

「でも、孤児院出身の、身分がない私ではなく、貴族出身の聖女だけで国を護るようにしたいと言われて、私は廃棄処分されたってわけです」

そう言った瞬間、フォルスト陛下がやたらと驚いたように反応した。

だが、構わず私は話を続けようとしてしまった。話しはじめたらとまらないのだ。

ずっと言いたくても言えずにため込んできた過去の話が、まるでマグマが噴火するように口から全て吐き出されていた。

「それで、馬車の中では気持ち悪くなっちゃったり外に放り出されたり……。でも目が覚めたらこの国で救われていて……」

私は初めて、自分のつらかった過去を人に話した。気持ちが高まって、気がついたら目から涙もこぼしてしまった。散々喋ってしまったが、これ以上はつらい。

「想定していた以上の話だ……」

「フラフレ様がそれほどまでの酷い扱いを受けていたとは……」

「でも、この国で救われたので、今はとっても楽しいし幸せです。フォルスト陛下やアクアには特に感謝しています」

私は涙を拭いてから微笑んだ。

さて、これから私は聞きたいことを聞こうと思ったのだが……。

「絶対に許せん！　もはやなにがあろうとも救う義理もなにもない！　ハーベスト王国とは国交断絶とする！」

フォルスト陛下がとんでもなく怒った顔になってしまった。あわわわわ……。だから私の処遇は喋りたくなかったのに……。調子に乗ってベラベラと喋ってしまったのは私だけど。

「だが、フラフレ殿よ。約束は守る。私が誰かに命じ、国王の暗殺を仕向けたり、復讐させるようなことはしない」

「それなら良いんですけど……」

「どちらにせよ、放っておいてもあの国はそう長くは保たないだろうがな……」

「はい？」

「フラフレ殿が来る前のリバーサイド王国は、常に雨が降っていたことは知っているだろう。それでも知恵を振り絞り対策をしてきたからこそ、なんとかギリギリで生き抜くことができた。だが、ハーベスト王国はそうではない。生き抜くための対策もわからないだろうし、これから地獄と化すだろう……」

「さっきハーベスト王国で雨が降り続いていると聞きましたが、聖女たちではどうすることもできないほど酷い状況なのですか？」

「これはあくまで私の推測だが……。フラフレ殿がいなくなったから環境が激変したのだと思う。向こうの聖女たちの力では手に負えぬほど元々の環境が悪いのだろう」

「それだけフラフレ様の聖なる力が規格外ということですね」

「えぇ……？」

「つまり、フラフレ殿の聖なる力が偉大であり重要だったことは、いずれハーベスト王国の者たちも気がつくであろう……。そうなった場合、キミを連れ去るようなことをするのではないだろうかと嫌な予感がしているのだ……」

いくらなんでも、ジャルパル陛下がそんなことを……うーん、ありえるかもしれない。

また地下牢に閉じ込められる生活を送るなんて絶対に嫌だ。なによりも、リバーサイド王国で出逢ってきた人たちと強制的に別れることなんて考えたくない。

「今のフラフレ殿の話を聞いたからハッキリと断言できる。フラフレ殿を一度は捨てた国だ。今後はどこで生きていきたいか、フラフレ殿が自分自身で決める権利がある」

「私はリバーサイド王国でずっと過ごしたいです」

「そう言ってくれて嬉しい。フラフレ殿は絶対に守ろう」

「それで私に護衛をつけてくださっていたのですね……ありがとうございます」

「そういうことだ……。フラフレ殿の過去を深掘りしてしまい、すまなかった」

「むしろここまで大事にしてくれて嬉しいですよ」

「大事に決まっているだろう！」

フォルスト陛下は少し強めの口調でそう言ってきた。

「すまない。もしも、一緒に食事をしたり、こうやって話をしている日々が失われてしまうと思うと、胸が張り裂けそうでな……。つい声を荒げてしまった」

「へ？　そっちですか？　聖なる力ではなくて……」

「国として考えたら、無論、フラフレ殿の力が重要ということは否定しない。だが、私個人としては、フラフレ殿がここへ来てからの日々はどれだけ楽しめたことか……」

フォルスト陛下の気持ちを聞いて、心にぐさっと刺さるものがあった。ハーベスト王国では力だけを求められて地下牢に閉じ込められていたのだ。私の存在意義は聖なる力だけだと思うような日々が続いていた。

だが、同じ国王でありながら、聖なる力以外のことでも私を必要としてくれた。

金貨のような綺麗な飾り物をいただくよりも、この気持ちのほうが何倍も嬉しい。

「何度も言ってしまって申しわけないですけど、絶対にハーベスト王国に戻りたくないです……」

「大丈夫だ。フラフレ殿の自由を奪うような者たちの手には絶対に渡さない」

「ありがとうございます……」

私はつい、フォルスト陛下の腕にしがみついた。国王に対して無礼だということも、最近学習した。

だが、それよりも嬉しさが勝ってしまったため、行動を制御できなかったのだ。

「フラフレ殿よ、先ほどの会話で気になったことがある。私からもうひとつだけ聞きたい」

「はい、なんでも答えますよ」

「孤児院にいたのか？」

「幼少期だけですが、そうですよ」

私が答えると、どういうわけかフォルスト陛下は戸惑ったような表情を浮かべていた。

もしかしたら、孤児院で廃棄処分されてしまった誰かが、この国で保護されているのかもしれない。

すぐに聞くことにしよう。

「私は当時の国王陛下に孤児院から連れ去られました。最初は孤児院よりも良い待遇だったのですが、徐々に酷くなっていって……。最終的には王宮の地下牢での生活がはじまったのです。私はまだマシだったのですが、孤児院で一緒だった人たちはみんな廃棄処分されたと知ってしまって……」

「うむ……そうだったな」

「その中の一人は私のことをすご一く大事にしてくれて、しかもフォルスト陛下のように勘が鋭いところがあったんです。もしかしたらどこかで生きているんじゃないかって」

フォルスト陛下は、急に微笑みだした。頭の上にフォルスト陛下の手がそっと乗っかる。この感覚は、なぜか懐かしい気がした。

「あぁ、生きているよ……」

「ですよね！　フォルスト陛下もそう言ってくださるなら、きっとこの国のどこかで……」

「あぁ。リバーサイド王国にいる」

「本当ですか！　できれば会いたいなって……」

「そうだな……」

「ありがとうござ……って、へ？」

フォルスト陛下は私のことをギュッと抱きしめてきた。

なんでいきなりこのようなことをしてくるのかわからない。

だが、ものすごく良い匂いがする。昔どこかでかいだことのあるような匂いだ。

「今まで気がつかなくてすまなかった」

「ん？　んんんんんっ？」

「お兄ちゃん、ここにいるよ」

「へ？」

「孤児院にいたころは名前がなくて番号で呼ばれていたよな。だが私とフラフレ殿だけはお互い違う言い方で呼び合っていた」

「え……えっ……ええぇぇぇぇぇぇえっ？」

前々から幼馴染とフォルスト陛下はどこか似ているなぁと思うようなところはあった。

だが、失礼ながら、ハーベスト王国出身の者がリバーサイド王国の国王になることはないだろうと勝手に思い込んでいた。失礼になるから、『孤児院にいたお兄ちゃんですか？』などと聞かずにいたのだ。

「フラフレ殿よ、昔はキミのことを『妹』と呼んでいた」

「そうです！　間違いありません！　孤児院のときは名前がなかったから、そう呼んでくれていて……」

「これで間違いないな。会えてよかった……」

「えぇと……、おにい……じゃなくてフォルスト陛下……？」

「今までどおりフォルストで構わない」

「うぅぅううう……会いたかったんですよぉぉぉおおお！」

「ずっと会っていたけどな」

ギュッと抱きしめ合った。改めて幼馴染のお兄ちゃんと再会できた喜びが溢れる。横でアクアがボロボロと泣いていた。むしろ私のほうが泣きたい。まさか今まで探していた人が目の前にいたなんて……。こんなに嬉しいことがあって良いのだろうか。

「フラフレよ！」

いきなり呼び捨てで呼ばれたから驚いてしまった。だが話はそれだけではなかった。

「ひゃひっ？」

「今後はフラフレも、陛下とつけずに呼んでほしい」

「ひょえ？」

これはかなりマズい気がする。抵抗がありすぎるのだ。

今、フォルスト陛下から呼び捨てされただけで心臓がはちきれそうなくらいだ。頭の上から湯気が出ているような感じもする。

「公の場で間違えて陛下をつけないで呼んだら大変ですから、もうしばらくはこのままで……」

「そうか。いつかフラフレに名前だけで呼んでもらえるよう努力する」

「ひゃいっ！」

あぁ、これは本気でやばい。

長年会いたかった幼馴染だとわかった瞬間にそう呼ばれてしまったら、もう……。

「フラフレ様も陛下も顔が真っ赤ですよ。私はしばらく下がってますので、あとはご自由に」

「ま、待て！　まだ話が終わったわけでは……」

「久々の再会といったところでしょう？　任務よりも感動の再会をお楽しみください。では」

アクアは満足そうな笑みをこぼしながら、フォルスト陛下の自室から退室してしまった。

護衛も部屋の中にはいないし、私とフォルスト陛下の二人きり。

「ところで、どうやって生き残れたのですか？　当時の陛下の話では、王都の外に捨てられたとか……」

「全員、リバーサイド王国へなんとか到着できたのだよ。少々トラブルもあったがな。何十日も歩き続けたが、あれは過酷だったよ……」

「フォルスト陛下……じゃなくて、フォフォフォフォフォォォォぉぉっ……」

ダメだぁ。フォルストと呼び捨てにしようとしてみたが、緊張して言葉に詰まる。

「フラフレよ、無理せずとも良い」

「緊張しちゃって……。フォルスト陛下の直感で進んだのですか？」

「あぁ。なんとなくだが、食べ物や水がありそうな道を選びながら進んでいた。この国で助けてもらい、皆リバーサイド王国の住人になったよ」

「良かった。本当に良かった……」

先ほどからずっとギュッと抱きしめられている状態が続いている。

そして、さらに力強く抱きしめられながら、フォルスト陛下はとんでもないことを言い出すのだった。

「フラフレよ。私と、結婚を前提として交際してほしい……」

「はい？」

いきなりなにを言い出すのだフォルスト陛下は！

「けけけけっ、けっこん！」

「あぁ……。私の結婚相手はフラフレしかいない！」

「あわわわ……。なぜ突然？」

「おめでとうございますっ！」

アクアが再び戻ってきた。このタイミングで……。ひょっとして、退室したフリしてドア越しでずっと聞いていたんじゃないだろうか。

フォルスト陛下が、真剣な表情をしながらじーっと私を見てくる。たまに冗談を言ったりしてくることもあるけれど、今回は冗談ではなさそうだ。

「ずっと妹を探していた。だが、孤児院が取り壊されたあの日、キミは連れ去られてしまっていた。あのころから可愛かったから、どこかの商人に売られてしまったか、もしくは当時の陛下のおもちゃにされて殺されてしまったかと思い込んでいたよ……」

「可愛いだなんて……」

「もうハーベスト王国では生きてはいまい。そう思っていたが、皮肉にも、あの国の援助なしではこの国は助からない状況でもあった。仕方なく言いなりにはなっていたが、同時に妹が生きている望みをかけて、調査を続けていた。だが、まったく情報が入ってこない。さすがにダメかと思い、最後の賭けとして、私自らハーベスト王国に足を運んで調査をしていた。そのときだよ、フラフレが倒れているのを見つけたのは……」

フォルスト陛下が私を探しに来てくれていたことすら初耳である。

今までお互いの話をしてこなかった。私が話を切り出せなかったように、フォルスト陛下もなにかが理由で言えなかったのかもしれない。

「私の直感で、絶対にこの子を助けて、生涯を共にしたほうが良いとさえ思っていた。だが、長い間ずっと愛していた妹の安否を確認できていない状態で、キミと愛を育むことはできない。しかし、どうやら私の直感は間違いではなかったようだ。同一人物だったのだからな……」

「えぇと……、とても嬉しい話だと思うのですが、フォルスト陛下は国王という立場なのに良いのですか？」

私はあくまで一般人であって、貴族でも王族でもない。

フォルスト陛下のことは大好きだけど、結婚する相手としてはハードルが高すぎると思う。

「地位的な問題だけ考えると、本来ならば厳しいだろう。だが、このときのためにずっと改革をしてきたのだ。全ては妹……つまりキミを探すためだ。そして堂々と一緒にいられるよう、行動してきた」

「私を……ですか？」

コクリとフォルスト陛下が頷いた。今度はアクアが、補足するように教えてくれる。

「陛下はどうにかして探しびとの手がかりをつかみたいと言っていましたからね。そのために少しでも高い地位につけば情報も入りやすい、と。そうしているうちにいつの間にか陛下にまでなったのです」

「そういうことだ。フラフレのおかげだよ」

「陛下の直感はほぼ的中します。このことが前国王陛下にも高く評価され、常にリバーサイド王国を救ってきたのです。すでに国民の信頼も得ています。それに、フラフレ様はすでに国を救っていますからね。今後タイミングを見計らって聖女としての貢献を公表すれば、否定するような者は誰もいないと思いますよ」

「へ？　私、国を救った覚えはないよ……？」

そう言うと、フォルスト陛下とアクアはクスクスと笑い出した。

「毎日農作業をして、王宮だけでなく王都にある農園を救っているだろう？　それに晴天続きは明らかにフラフレの力だ」

「農作業は趣味で……」

「趣味であろうと食料難は解決してきている。それに雨が降らなくなったのは明らかにフラフレのおかげだ。無意識なのかもしれないが、フラフレは国を救ってくれているのだよ」

そんなに大規模なことをしていたのか……。私はあくまで、フォルスト陛下が喜んでくれたり、私が土と戯れたり、その程度にしか考えていなかった。

「客観的に見ても、フラフレ様の功績を考えたら、陛下との交際は申し分ないかと思いますよ。私個人の意見としましては、世間云々よりもお互いの気持ちが大事だとは思いますけれどね」

「私の気持ちだけだったら、フォルスト陛下とずっと一緒にいたいなぁ」

私は、ただ思ったことを口にしただけだった。

だが、フォルスト陛下にとってはものすごく意味のある言葉だったのかもしれない。

「フラフレよ……、ありがとう！」

アクアが静かに部屋から出ていった。

このあともしばらくの間、ギュッと抱きしめられたまま時間だけが過ぎていった。


今日、私とフォルスト陛下の交際がはじまった。

第六章　ジャルパルは窮地に追い込まれる

ハーベスト王国にて。

雨ばかりが降り続き、ついに民衆の怒りが爆発した。民衆は、太陽を照らす役割の聖女たちに対し、高額の給金を税で支払っていることを知っていた。

ここ最近の雨続きで食料不足も深刻になっている。ジャルパルに対し、『無力陛下』『聖女に甘い』『国を崩壊させる気か』などの不満が続出している状況だ。

ようやく事態を深刻に受けとめたジャルパルは、バルメルを呼び出した。

「ミーリは他国へ旅行と聞いたが、これはいったいどういうことだ？　今は聖女の力が特に必要な時期なのだぞ」

「変な事件に巻き込まれていないだろうな……」

ミーリの帰国が予定より何日も遅れている。その結果、ジャルパルにもミーリが不在だということがバレてしまった。

だが、バルメルは、そんなことよりもミーリの安否を心配していた。

「なぜ勝手に不在にさせたのだ？」

「そ、そろそろ帰ってくると思います。しかし、お言葉ですが兄上。他にも聖女がいるでしょう？　どうしてミーリ一人に責任を負わせようと？」

「ミーリには聖女代表としての責任がある。監督責任として、しっかりと聖女の任務を引き継いでから出かけるべきであったな」

「今まで代表だったフラフレはなにもしてこなかったではありませんか。いきなりミーリが聖女代表だからと責任を負わせるのはいかがなものかと」

　バルメルは必死にミーリを正当化しようと庇(かば)っていた。

　しかし、すでにジャルパルには、ミーリたちを庇うような余裕もなかったのだ。

「こんなときに限って、一番聖なる力を持っているミーリを不在にさせるからいけない。そのせいで雨ばかりが降り続き、国民の怒りも限界だ。矛先は当然国王の私にくる。せっかく築き上げてきた私の信頼がパァではないか。お前はいったいなにを考えて勝手に旅行などさせたのだ？」

　いっぽう、バルメルはそれ以上のことはなにも言えなかった。

（公爵家だけで手柄を取るための計画が兄上にバレるのはマズい。それにミーリはしっかりした子だ。任務の引き継ぎなしで出ていくような愚か者ではないはず。どうしてこんなときに限って他の聖女はサボっているのだ……。なにか弁明せねば）

「兄上、ミーリ含めて聖女は三人です。もしもミーリがいなくなってしまった場合はどうするおつもりですか？」

「なぜ不吉なことを言っている？」

「たとえ話です。ミーリが国にとっていかに大事な存在か、今一度考えてほしいなと」

「姪っ子だし、一番活躍してもらいたいとは思っている。だが、この状況では、まず聖女たち全員で協力し、太陽を照らしてもらわねば私の立場が危うい」

バルメルはこのとき、内心で苛立ちしかなかった。このままではミーリの評価はなにをしても変わることがない。なんとしてでもリバーサイド王国でミーリが功績を残し、いかにミーリが重要な聖女であるかを知らしめる必要があった。場合によってはバルメル自身が国王の座につくことも考えるようになったのだった。

いっぽう、ジャルパルはそれぞれの聖女が本来の力を発揮できていないのは、フラフレが置き土産になんらかの力で阻害している可能性があるのではないかとも考えはじめていた。

あくまでも聖女たちの本来の力さえ出せれば国はどうとでもなると、このときまでは思っていたのだ。

二人に不穏な空気が流れる中、近衛兵が入ってきて状況が変わる。

「陛下……、少々よろしいでしょうか？」

「どうしたのだ？　もしや……」

「はい……。そういうことです」

「バルメルよ。ひとまずこの話はあとだ。私は急用がある」

「なにごとですか？」

「お前が知る必要はない」

「立場上、私は宰相なのですが……」

「関係ない。では失礼する」

ジャルパルは急ぎ近衛兵と一緒に検問所へと向かった。

ミーリに説教をするため、彼女が王都へ戻ってきた際はジャルパルへ報告がいくよう、あらかじめ近衛兵に命じていたのだ。

「兄上め……、私を呼び出したにもかかわらず、用件すら言わずに勝手に出ていくとは……。これ以上私をコケにするならば、容赦はせずに国王の座から引きずり下ろすぞ……」

なにも知らずに残されたバルメルは、ジャルパルに対して激しい怒りを覚えていた。

「いったいどういうことですの？　私は公爵令嬢ですよ。聖女ですよ！　検問所を通過できないなんてありえませんわ」

「申しわけありませんが、ミーリ様を待たせるように、との命令ですので、通すわけにはいかないのです」

ミーリは帰国したが、王都の検問所で警備兵によって足止めされてしまった。

渋々ミーリは馬車の中で、残った野菜をモグモグ食べながら待つ。

「もう……、せっかく久しぶりに王都全域に祈りを捧げているのに」

しばらくミーリが待っていると、予想しなかった相手が出迎えにきたのだった。

「ミーリよ……。話を聞きたいのだが」

「お、伯父様っ？」

ミーリにとって最も会いたくない相手だった。帰国してからどう言いわけをするか決める予定だったため、ジャルパルに対してなんと言えば良いのかわからないからである。

「バルメルから聞いたぞ。リバーサイド王国へ旅行に行っていたそうだな」

「え、えぇ。そうですわ。最近調子が悪かったので気晴らしに……」

「ふざけているのか？　ミーリがいなかったおかげで、私の国民からの評価はガタ落ちだぞ」

ジャルパルは悔しそうにしながらミーリを睨む。

いっぽう、ミーリはどう言い返せば丸く治まるのかがわからず、なにも言えずに沈黙状態だった。

「すぐにでも聖なる力を発動し雨をとめてもらわねば困る」

「すでに祈ってます。もう少しすれば雨もやむかと思いますが」

「そうでなければならぬ。残念ながら、勝手に国を留守にした罰として、今までの二倍の給金という件も取り消しとする」

「それはあんまりですわ……。それに、リバーサイド王国の情報だって色々とありますのに……」

「ほう、では申してみよ。情報の質によっては今後の給金も考える」

ジャルパルにとって、リバーサイド王国の情報などどうでもよかった。聞く耳を持つフリをして、結論は給金をカットすることしか考えていない。

ミーリは給金を下げられたくないために必死だった。

「良い天気が続いていて、雨が降るような国ではなくなっていました」

「ふむふむ、なるほど……」

「それに、信じられないくらい美味しい野菜を販売していましたの」

「ふむふむ、それで……？」

「多分ですけど、リバーサイド王国には強力な聖女がいるのかと思いました」

「…………」

ジャルパルは、右耳から入ってきた言葉を左耳から全て流すように聞いていた。

しかし、今のひと言だけは、流せなかった。

「ありえぬよ。今まで、我が国に大金を出してまで、何度も食料を仕入れに来ていたではないか。ここ最近その気配はないが」

「よくはわかりませんが、農業がとても盛んになっているようで、食料難という感じはまるでありませんでしたよ」

「ミーリよ。それは情報提供ではなく、ただの個人の感想だ」

「そんな……。他国の情報は大事だと何度も伯父様が言っていたではありませんか。それに、他の聖女たちにも、私の分をフォローするように伝えていました。それにほら、私の力のおかげで雨がやんできたではありませんか」

ミーリの聖なる力は、フラフレの力が宿った野菜を毎日たくさん食べていたおかげで最高潮の状態だった。それは、フラフレの聖なる力には及ばないものの、王都の雨を一時的にとめて曇り状態にもっていくくらいには十分な力が蓄えられていたのだ。

つまり、ミーリの力で王都を雨から救うのは一時的なものにすぎない。

ジャルパルは外の様子を見ながら、なにか思い当たる節がありしばらく沈黙していた。

ミーリはすでに泣きそうな状態だった。この状況でジャルパルはさらに追い討ちをかける。

「野菜が大好きなミーリのことだ。農業が盛んだということは、野菜を大量に買ってきたのだろう？」

「は、はい……。車中でほとんど食べてしまったので、残りはお父様たちへのお土産用しか残りませんでしたが」

「それは私が没収する」

「そんなぁ……」

「当然の結果だ。ミーリとバルメルのおかげで私の国王としての信頼は大幅に落ちている。普段は国民の評価など気にもとめぬが今回は別だ。お前がしっかりと聖女としての役割を考えなかった結果こうなったのだから」

すぐにジャルパルはミーリの乗っていた馬車に潜り込み、残っていた一箱の野菜を全て奪った。

「酷すぎます……」

「ならばこれから毎日この天候を維持するように心がけよ。もしもこの状態が一ヶ月継続できれば、聖女としての給金は現状維持としよう」

「わかりました……。やりますよ。やれば良いのでしょう……」

ミーリはすでにジャルパルに対して嫌気がさしていた。

ジャルパルは冷静に物事を考えつつも焦っている。そのため、今まではミーリたちとも仲良くやってこれていたが、その余裕すらなくなっていた。

ジャルパルの評判は、国民だけでなく貴族界、さらには身内でもどん底に落ちていった。

ジャルパルは、野菜を土産に、大急ぎで王宮へと戻り、自室へこもる。

「私の予感が誤っていなければ、この野菜はきっと……」

念のために、持っている銀製の指輪で野菜に触れてから口にした。

「ふむ、これ……この味だ。今度こそ間違いない！　おのれ……」

みるみるうちに疲れが吹き飛び元気になっていく感覚をジャルパルは思い出した。

そして、ミーリの報告が全て本当のことであり、ジャルパル自体が重大な過ちを犯してしまったことを確信した。

「フラフレめ……、国から逃げたいがためにわざと国外追放に対して文句を言わなかったのか……。いや、あの間抜けでバカな女が計画的行動を起こせるはずはない」

フラフレを追放してからの悪天候続き、さらに王宮の野菜を食べても元気になれないことから薄々感づいていた。

ジャルパルは、リバーサイド王国にいる強力な聖女こそがフラフレだという結論にいたったのだ。

「なんとしてでもフラフレを連れ戻し、誰にもバレないように地下牢に完全監禁し、そのまま聖なる力を使い続けさせねばならぬ。こうなったら……、少々危険だがあいつらを雇うか……」

ジャルパルは国務として、リバーサイド王国へ向かう準備を進めていった。

ミーリはジャルパルに野菜を奪われてしまい、悔しくて仕方がなかった。大泣きのフリをしながら公爵邸へ帰宅した。ジャルパルにされたことが胸糞悪かったため、泣きついてバルメルから抗議してもらおうと考えていた。

「えぇぇぇえええん……お父様ぁぁぁ……」

「どうしたのだミーリよ。まさかリバーサイド王国で悪い男に狙われて……？」

「もっと酷いんですよぉぉぉ……！」

「な……まさかお前のおなかに……」

「いや、そういうことじゃなくて」

バルメルはミーリの嘘泣きを見て、ただごとではないと確信していた。すぐにリバーサイド王国に宣戦布告して、犯人を捕らえ処刑することまで考えていたくらいだった。

「奪われちゃったんですよ……」

「なんということだ……。結婚するまでは頬にキスすら断固としてさせないよう命じていたのに……。おのれ、すぐにでもリバーサイド王国へ向かい犯人を――」

「だから、リバーサイド王国は関係ないんです！　伯父様に奪われちゃったんですよ」

「兄上だとっ？　兄上が奪ったのかっ！」

「はい……。しかも強引に」

「……なるほど、先ほど私に言えなかった急用とは、そういうことだったのか……」

バルメルは、あろうことか実の娘がジャルパルに犯されてしまったと思い込んでいた。

「兄上の性癖ならありえることだ……。おのれ、いくら兄上でも許せんぞ！」

「お父様、いったんその下品な発想から離れてください」

「滅多に泣かないミーリがこれほど泣くくらいだ。それ以外になにがある？」

「お土産の野菜を奪われてしまったんですよぉぉぉー……」

「ヤサイ？」

今まで頭から沸騰したように怒っていたバルメルは、すぐに冷静さを取り戻した。

「だって……、お父様にお土産で買ってきた野菜を伯父様は『全部没収じゃぁぁぁあああ』って奪っていったんです」

「つまりミーリは、私へのお土産を失ったことだけでそこまで泣いているのか？」

「悔しくて……」

ミーリはバルメルに抱きつきながら嘘泣きを続ける。バルメルはミーリの頭をそっと撫でた。

これほど父親想いの娘がどこにいるだろうかと嬉しかったのだ。

だが、バルメルはミーリに騙されているだけである。ミーリは理不尽に野菜を奪われたこと自体は悔しかったが、泣くほどではなかったのだ。それを知らないバルメルは、怒りの矛先がジャルパルになった。全てミーリの計画どおりである。

「兄上め、もう容赦はせぬ。こうなったら……」

「なにかギャフンと言わせてくださるのですか？」

「あぁ。その件は今考えているからしばし待つのだ。ところで、リバーサイド王国では評価は得られたのか？」

「それが……」

ミーリはリバーサイド王国の状況を詳しく報告した。それを聞いたバルメルは、聖女としての活躍の場はやはりハーベスト王国しかないということを改めて知る。

そのうえで、バルメルは自分自身が国王の座につくことを考えはじめたのだった。

ついにフラフレを連れ戻すための準備が整い、ジャルパルはリバーサイド王国へ向かおうとしていた。

「今まで陛下の下で長年御者を続けてきましたが……。こんなに小人数で他国へ向かうなど危険かと思います……」

「余計な経費をかけて、民からこれ以上の文句を言われるわけにもいかぬからな」

本来ならば多くの馬車や護衛、フラフレを奪還するための兵士などを用意するはずである。

だが、ジャルパルは余計な経費をかけるわけにはいかないと判断し、必要最小限の準備しかしていなかった。

しかも、今回の本当の目的がフラフレを連れ帰ることだとは、一部の者以外は知らない。

「向こうの馬車に乗る者たちは王宮直属の配下の者ではないようですが」

「心配無用。彼らは、私が表向きには公表していない諜報員たちだ」

「そうでしたか」

「さあ出発だ。一時的に晴れ間が出るかと思ったが、再び雨だ。これでは聖女たちの荷も重い。明らかな異常気候である。だが、そのことを知らないから、今回のように民の怒りを買ってしまっている。じきに異常気候が落ち着けば、再び聖女たちの力は反映されるだろうが、それまでの間だけリバーサイド王国で食料を仕入れなければな」

「陛下自らが行かずとも……」

「この非常事態に、国の一番偉い人間が動かずどうするのだ？　肝心なときこそ私がやらねばならぬ」

「うぅ……、ジャルパル陛下は国の誇りです！　きっと評価もすぐに元どおりになるでしょう」

「うむ。わかったら向かってくれ（ふっ……。簡単に騙されおったわ）」

ジャルパルは、ミーリたちだけでは天候を変化させることが厳しいと、ようやく気がついた。フラフレの聖なる力が偉大だったことをようやく理解したのだ。

だが、一度はジャルパルの判断で、フラフレを廃棄処分して国外追放した。このままフラフレを連れ帰るだけでは国民の信頼をさらに損ねてしまう。

そのため、ジャルパルは秘策を考えていた。

（フラフレ奪還に成功したら、諜報員ということにしてある彼らの馬車に放り込んでしまおう。そのまま王宮の地下牢へ運んでもらい、フラフレは地下牢に永久に閉じ込める。無理やりにでも聖なる力を発動し続けてもらわなければ。だがバルメルやミーリたちは当然として、誰にもこのことを伝えない。フラフレの力を利用し、ミーリたちが国を救っているということにしておけば今後しばらくは安泰だろう）

「先日ミーリ様を連れていったときは、リバーサイド王国では雲ひとつない晴れが続いていました。今もまだ晴れているのでしょうか……」

「く……あのガリガリ女め……」

「どうかされましたか？」

「いや、なんでもない。道中はぬかるみに気をつけて進みたまえ」

ジャルパルは悔しがっていた。前国王が孤児院からフラフレを連れてきたのは、聖女としての力があるからだけではなかったのだ。将来的に利用価値がありそうならば、次期国王になるジャルパルの婚約者として迎え入れ、王妃聖女として活躍してもらう予定だった。

だが、王宮に連れてきてみれば無能で無知。前国王とジャルパルは、フラフレには聖女としての力はあっても貴族としての嗜みがこれっぽっちもできず、将来性は見込めないと判断した。

一度王宮に迎え入れてしまったため、問題ごとをフラフレの責任にしたことで地下牢生活がはじまったのだ。

「く……、あのとき父上が私をとめてくだされば……」

馬車の中で過去の後悔を声に出しながら、廃棄処分直前のフラフレの姿を思い出す。

「御者よ、ひとつ聞きたい。以前リバーサイド方面に廃棄処分品を運び、適当に捨ててこいと命じたことがあろう？」

「あぁ……、フラフレとかいう税金泥棒のゴミ聖女のことですね」

「そうだ」

ジャルパルは、地下牢に閉じ込めていたフラフレの悪い話ばかりを国中に広めていた。

そのためフラフレは、聖女であるとは認識されつつも、邪魔な存在であり、無駄に経費が投入されているものだと民衆は考えるようになった。

全てはジャルパルの発言で、フラフレが悪いという方向に評価が操作されたのだ。

「変な話だが、フラフレを抱きたいと思ったか？」

「ははは……ご冗談を。あれほど醜い女を運ぶこと自体が大変だと思ったくらいですからね……。まさか陛下はあのような女が好みだと？」

「さすがにあの女はありえぬ。ガリガリで無知、偶然触れてしまったときもまったく興味が出てこなかったわい！」

ジャルパルは、フラフレを婚約者にしなかった判断は間違っていなかったと思うようにしていた。

見た目の成長がジャルパル好みであれば、もう少し対応は変わっていたのかもしれない。

リバーサイド王国で心身ともに成長したフラフレを見て、ジャルパルが激しく後悔するのはもう少しあとのことだった。

「以前訪問したときとはまるで別の国のようだな……」

ジャルパルたちは、リバーサイド王国王都へ到着した。

以前訪問したときは、雨ばかり降り続き、農園はたくさんあれどどこも作物は育たず、ただの泥池。民も活気がなく、生きることだけで精一杯、という印象があった。だからこそ、その弱みにつけ込み、食料や物資を高値で売ることが容易だったのだ。

だが今は、そのような面影はどこにもなく、少し前のハーベスト王国を思い出させるような雰囲気だった。

(元々は私の国で育てた聖女だぞ……。勝手に隣国が利用するなど許せぬ。すぐに奪い返してみせよう)

ジャルパルは拳を強く握り、怒りと悔しさを顔に出していた。

だが、その前にジャルパルにはやるべきことがあったのだ。まずはジャルパル個人の目的を達成するため、適当な農園へ向かった。

「お待たせしました陛下。今日採れたばかりだという野菜を買ってきました」

「うむ」

ジャルパルは身につけている銀の指輪を野菜にあてる。毒が入っているかは警戒したものの、毒味役を通さず自ら口にした。

「やはりな！　やはりこれだ！」

(この味は、以前王宮の農園で食べていたものに間違いない)

ジャルパルは、自らが食べた野菜にフラフレの力が関わっていると確信した。ひとまず、諜報員たちに野菜を食べさせることにした。ジャルパルは、フラフレの力が宿る野菜にどのような効果があるかを知っているため、このあとの作戦に役立つと思ったからである。

「食べたまえ」

「え、いいんすか？」

「そうだ。これから諸君らには頑張ってもらわねばならぬからな」

「じゃ、遠慮なく」

諜報員たちは、遠慮なくバクバクと野菜を食べた。残った野菜の芯は道端に投げ捨てる。

「信じられないほど美味かったっす！」

「なんか、妙に力が湧き出てくるような気もする……」

「国王様に雇われて、国外旅行までできて感謝っす」

皆、口々に評価した。

元気になった状態であれば、彼らの力もひと一倍発揮できる。ジャルパルは、フラフレの力が宿っている野菜を利用し、戦力増加を企んでいたのだ。経費を最小限にして、最も効率よくフラフレを連れ帰るためにはどうすれば良いか、念入りに考えた策である。

（これでフラフレを見つけ次第、容易に連れ去ることができるだろう。フラフレの顔を唯一知っているコイツらに任務を伝え、その間に私は野菜を大量に仕入れておかねばな……）

フラフレを連れ去るための諜報員と、野菜を買い占める班に分かれた。

そしてジャルパル自らが、農園の野菜全てを買い取ろうと交渉しにいったのだが……。

「なぜだ？　金は出すと言っているのに販売はしないだと？」

「申しわけないけどねぇ、大量販売はお断りですじゃ」

ジャルパルの交渉相手はミラーシャだった。

ミラーシャはジャルパルの格好や周りにいる護衛たちを見て、他国の人間の可能性が高いと判断した。そして、ミラーシャは警告したのだ。

「ここで育った野菜はみんなのもの。一人で全てを買い占めるような行為は禁止となっているのよ。それから、失礼ながら一応聞くけど、アンタら王都の人間ではないね？」

「うむ。ハーベスト王国の者だ！」

ジャルパルはこのあとの計画を優先していたため、自らが国王であることは伏せていた。

「そうかい。最近決まった法律を教えておこうかの。王都を出る際、王都で手に入れた野菜類に関しては課税が入るのじゃよ」

「なっ……。いつの間にそのような決まりを？　ハーベスト王国の法律を真似たのか？」

「そんなこと、私はいちいち知らないよ。文句があるなら王宮へ行きな」

ジャルパルはこれ以上文句を言っても無意味だと判断し、いったん引き下がる。

「ここの国王に先手を打たれたか……」

「いかがいたしますか？」

「まぁこの程度は想定の範囲内、焦ることもあるまい。いったんは別の任務を与えた諜報員たちも合流させてから交渉しに行くことにしよう。この人数ではあまりにも少な過ぎて、警戒されてしまうかもしれないからな」

しばらく待機していると、フラフレを奪還する予定だった諜報員たちが戻ってきた。

「任務はむりっす」

「どういうことだ？　フ……、じゃなくて、目的の人間はいたのか？」

「発見はしたんすけどね、想像を絶する警戒網で……。あれはまるで王族を守るような配置の仕方ですよ」

「なるほど、すでに国の手の内というわけか。今一度作戦を考え直す必要があるな」

ジャルパルにとって誤算だった。今後、国同士の衝突になったとしても、国の総力をあげれば、フラフレを連れ帰ることは不可能ではない。むしろ、今のジャルパルにとってはそれくらいのことをしなければならない責任が重くのしかかっている。

だが、国の総力をあげなくとも、新しい戦略を思いつくのは、ジャルパルにとって造作もないことだった。

「それでは翌朝、王宮へ交渉に行く。諜報員たちよ、君らには特別任務を与える。成功すれば報酬はさらに上乗せだ」

ここでフラフレを連れ帰れなければ、ジャルパルには明日がない。なんとしてでも連れ帰る必要があった。同時に野菜の交渉もできるため、ジャルパルにとっては一石二鳥でしかないと思い込んでいた。

「フラフレ様、フラフレ様！」

「ふぁい……おはよう……」

眠い。

昨日は農園で遊んでいるとき、謎のおじさんたちが私に近づいてきた。すぐに私の周りにいた護衛たちが追い払ってくれたけど、なんだか怖かった。

そのことばかり考えていたから、昨晩はグッスリと眠れず、今も半分起きていた。だから、アクアに対してすぐ反応できた。

外をチラリと見てみると、まだ太陽が昇りはじめたばかりだ。

起こしてもらう時間が普段よりも早い。

「今日は意識がハッキリとしているようでホッとしました」

「なにかあったの？」

「はい。まさかのまさかというような事態になりました。ハーベスト王国の国王陛下が事前の連絡もなしに訪れてきたのですよ。こんなに朝早くから」

「あぁ……大変だ……」

眠気など気にしている場合ではない。

大急ぎでベッドから降りて、身支度もせずにフォルスト様の元へ向かおうとした。

「陛下の予感もありますからね。フラフレ様はここから一歩も出てはいけませんよ」

「でも、緊急事態でしょ？　フォルスト様をとめないと」

「……はい？」

「フォルスト様が怒り出して大喧嘩になっちゃったら大変だよ。暴走しないようにフォルスト様をとめなきゃ……」

私は焦っていたが、アクアは冷静に見える。まるでこうなることを予想していたかのように。

「フラフレ様絡みの件でいきなり訪れてきたとしたらどうするのです？　もしも強硬手段で誘

拐されるようなことがあったら……」

「ううぅぅん……」

「なぜ悩まれているのですか？」

私は、昔ジャルパル陛下と会話していたときの、ある素振りを思い出した。

「もしも誘拐だとしたら、むしろフォルスト様のそばにいたほうが良いかもしれないなって」

「え？」

「ジャルパル陛下ってものすごく計画的な人だから、フォルスト様をわざと怒らせて罠にはめようとしているかもしれない」

「それならなおのことフラフレ様はここから出ないほうが良いでしょう。いや……、もしかすると、ここにいたらむしろ危険かもしれませんね……」

アクアが真剣な顔をしながら考え込んでいた。やがて出した答えは……。

「フラフレ様、至急陛下のもとへ行きましょう！」

「良いの？」

「計画的な人であればなおのことです。陛下の足止めをしている間にフラフレ様をさらうという可能性も出てきましたからね。それに、陛下の目の前でさらうような真似はさすがにしないでしょうし」

「おおぉぉ、アクアって冴えてるね！」

「いえ、フラフレ様の情報のおかげで判断できました。陛下からはフラフレ様を部屋に閉じ込めておくよう指示されていましたが、今回は無視します。フラフレ様の身の安全を最優先しますので！」

アクアは覚悟を決めたような顔をしていた。

フォルスト様の命令に背いてまで私を助けようとしてくれることが嬉しかった。

「ありがとうー」

「ひとまず急いでお召し替えください」

「おめしかえ？」

「あぁ……、私も焦っていますね。フラフレ様用の言葉を選べていませんでした。着替えてください」

「おめしかえ……着替えることか。覚えておくね。でも緊急なのに着替えてて良いの？」

「仮にも他国の国王が来ていますから。パジャマ姿で対談となったら、陛下の顔に泥を塗るようなものですからね」

「そうなんだぁ。じゃあ急いで着替えるっ！」

着替えると大急ぎでフォルスト様の元へ向かう。

部屋を出て走り出した直後、私の部屋のほうから声が聞こえてきた。

「事前の調べではこの部屋に間違いないはず！」

「おい、いないぞ！　どこかへ逃げたかもしれない！」

「こんなこと国王様に知られては俺たちの立場が……」

「せっかくの大金を逃してたまるか。絶対見つけてやる！」

これって、明らかに私を捕らえようとしてたってことだよね。

危なかった……。あとでアクアにお礼を言っておかなきゃ。

「ちょっと待て。この部屋、金貨がたくさん落ちているぞ！」

「国王の報酬よりも多いじゃねーか！　誘拐なんかシカトしてこれ集めてトンズラするぞ！」

「「おう！」」

え。

私の大切な宝物が……。そう思っていたら、アクアが私の手を強く引っ張ってきた。金貨は無視しろってことなんだよね、きっと……。

はぁ。せっかく綺麗に並べていたのに。

「フラフレよ、危険な目にあわせてすまなかった。だが、安心してくれたまえ。フラフレの部屋に侵入した者は今ごろ捕らえられているはずだ」

「はい？」

「アクアには当初フラフレを部屋から出さないように指示した。だが、アクアが向かった少しあとで急に不安が募り、大至急警備兵をフラフレの部屋に向かわせていたのだよ」

「で……でも、私の宝物が……」

金貨はもう私の手元に戻ってこないだろう。

「金貨のことか？」

「はい……。せっかく綺麗に飾っていたのに」

「何者かは知らぬが、フラフレを誘拐するつもりだった可能性が極めて高い。そのような者が目の前の金に誘惑されるようなことはない。きっと無事だろう」

「あ、陛下。そのことですが、フラフレ様の誘拐は中止して、金貨をかき集めてトンズラする、と聞こえてきました」

「フラフレを誘拐しようとした奴らは無能だったのか……」

フォルスト様は首を傾げている。

「ともかく、このことはまだ知らないでいてハーベスト王国の王と対談する」

「捕まえちゃったよって言わないいんですか？」

「あぁ。そのほうが、相手側がなにを目的にしているかもわかるからな。フラフレもすまないが、護衛の中に紛れ込んでもらい、決して正体をバレないようにしてもらいたい。状況によっては対談に参加してもらうかもしれぬが」

「かくれんぼみたいですよね。しっかりと隠れますね！」

ここは気合いの入れどころだ。

フォルスト様たちのためにも、しっかりと隠れなきゃ。

「……フラフレ様が落ち着いていてホッとしましたよ。問題は陛下です。絶対に挑発に乗らないように」

「あぁ。フラフレがそばにいてくれたら大丈夫だ」

「はひ？」

フォルスト様は私の手をぎゅーっと握った。緊張感がない私は、こんなときでもドキドキしてしまう。いや、むしろ護衛やアクア、フォルスト様がそばにいてくれるから、常に安心していられるのかもしれない。

「では行くぞ」

私たちは玉座の間へ向かう。ジャルパル陛下たちとの対談が迫っていた。

フォルスト様は玉座の椅子に座り、その両サイドには大勢の護衛がいる。そして、私はその護衛たちの中に紛れ込んだ。

ジャルパル陛下は私がいることに気がついていないようだ。かくれんぼは大成功だ。

私のところからはハッキリとは見えないが、ジャルパル陛下たちはフォルスト様に対して跪く体勢をとっているようだった。

「此度の突然の訪問、失礼する。しかしこうして出迎えてもらい、心から感謝する」

「気にせずとも。ジャルパル殿ならびに付き添いの者たちも顔を上げてくだされ」

真横にいるフォルスト様が、座りながらそう言う。

私が普段フォルスト様と会話しているときのような優しい感じではなく、国王陛下としての威厳に満ちたような口調だ。

国務をしているときのフォルスト様の喋り方もかっこよくて、ドキッとしてしまう。

こんなときにそんなことを思ってしまうのはダメだ。

私は、フォルスト様がこのまま争うことなく平和な会話で対談を終えてくれることを願っている。

フォルスト様のことを考えれば考えるほど、より意識してしまうのだ。

「フォルスト国王よ。単刀直入に用件を言いたい。我が国の聖女たちでは太刀打ちできないほどの異常気象で雨が降り続いてしまっている。そこで貴国の野菜を輸入したいのだ」

「それは深刻なことですな。では野菜を詰めた箱ひとつにつき金貨一枚で交易をしましょう」

「バカな！　民の平均月給が金貨二枚ほどの相場なのだぞ？」

「今までハーベスト王国から野菜を買い入れた際は、箱ひとつで金貨二枚の取引でした。その半額で取引をしようと考えていたのですが」

「く……」

ジャルパル陛下が唇を噛み締めている。

「これでもまだリバーサイド王国すべての民に十分な食料を供給できているわけではないのです。それ相応の対価で取引しなければ民も納得がいかないでしょう。これもジャルパル殿から『国王としての判断は厳しくせよ』とご教授いただいたことでありましたな」

「う……、うむ。確かに以前フォルスト国王が我が国で交渉したときに言ったことではある……。だがな」

ジャルパル陛下は勝ち誇ったような表情を浮かべていた。

まるでフォルスト様のことを見下すような表情だ。

「野菜の鮮度はいかがなものかな？　雨ばかり降り続いてきた国で収穫したものがまともな野菜とは思えぬが」

「心配には及びませんよ。試食してみますか？」

「ふ……。私に食べさせてなんとしてでも売ろうとする。なんだかんだ言って財源がほしいのだろう？」

「不満があるなら、交易自体を却下でも構いませんが」

「……いただこう」

ジャルパル陛下は、フォルスト様の冷静な発言で押し負けたような感じに見える。

すぐに兵士が野菜を用意し、直接ジャルパル陛下に手渡された。

すると、ジャルパル陛下は手につけている銀色の指輪で、野菜に何度も触れていた。

なにやってるんだろう……。

フォルスト様は、ジャルパル陛下の行動を見ながら苦笑いを浮かべていた。

「よし……。ではいただこう」

品質でも確認していたのだろうか。私はアクアに小声で聞いてみた。

「やたら念入りに触っていたのはなんだったんだろうね」

「あの指輪で毒が入っていないか確認していたようです」

それって、フォルスト様に対してあまりにも失礼なんじゃないだろうか。苦笑いしていたのはそういうことだったのか。フォルスト様が毒を入れるわけないのに！

私たちの気持ちも知らずに、ジャルパル陛下はムシャムシャと美味しそうに夢中で食べている。

「これは想定していたものよりもはるかに美味い。まるで我が国の一部で収穫していた野菜と同じようだ。これは箱ひとつで金貨一枚の価値はある素晴らしい野菜だろう。しっかりと相場どおりで取引を考えていたようだな」

「気に入っていただけたようでなにより」

あれ……。ジャルパル陛下がやたらと野菜を褒めてくれる。いつもなら私も褒められて嬉しくなるのに、不思議と全然嬉しくない。むしろ嫌な予感がする。

「フォルスト国王よ、これは大きな問題だ。もしかすると、我が国から追放した聖女様がこの国に潜伏している可能性がある」

「いったいどういうことでしょう？」

「我が国にはフラフレという聖女様がいた。だが彼女は聖女としての力を悪用し、天候を最悪の状態にした。その罪によって地下牢で反省を促したのだが、更生の余地がまるでなかった。苦渋の決断だったが、仕方なく国外へ追放したのだよ」

「ほう……？」

デタラメばかりだ。

ジャルパル陛下の取り巻き護衛たちも、後押しするようにしきりに頷いている。

思わず小声でアクアに訴えようとしたが、すぐに私の手を力強くギュッと握ってくれた。

アクアが心強い。

「単刀直入に言おう。我が国が要求することはふたつ。ひとつは、今後リバーサイド王国で収穫した野菜の半分を無償で我が国へ送り届けること。ふたつめ、罪人フラフレを発見次第、私に報告せよ」

「どういうことでしょうか？」

「そもそもリバーサイド王国が晴れたのは、聖女様もとい罪人フラフレがハーベスト王国をおとしいれるために、雨雲をリバーサイド王国から我が国に集めたからだ。その恩恵を受けて収穫された野菜を独占するのはいかがなものか」

私が罪人？

必要に応じて雨を降らせたことはあっても、悪天候になんて一度もしたことはない。ジャルパル陛下が信じられないような嘘ばかりを言うから、騙されないか心配だ。

不安になって真横にいるアクアを見ると、苛立った表情を浮かべている。思わず私は小声でアクアに問いかけた。

「大丈夫？」

「フラフレ様はよく平然としていられますね……。今までのフラフレ様への扱いを想像するだけで吐き気がします」

フォルスト様は大丈夫だろうか。

もしも怒り出して殴りかかったら、収拾がつかなくなってしまう。

おそるおそるフォルスト様の表情をうかがうと、どういうわけか笑みを浮かべていた。

「なにがおかしい？」

「私が知っている事実とまるで違うようですが」

「どこが嘘だというのか申してみよ」

「以前私が貴国へ野菜の交渉をしに行った日は、当時の我が国とは比べものにならないほど晴れてましたね。その帰り道、瀕死の女性を保護したのですよ。その女性の身体にはアザがたくさんありました。服装もボロボロで、栄養失調になっていました」

「……だからなんだというのだ？」

「数日後目覚めたその女性は、なんと名乗ったか。ジャルパル殿はご存知なのでは？」

ジャルパル陛下についている護衛たちがざわざわとしはじめた。

「確かにあの日は晴れていたような……」

「少なくとも悪天候ではなかった」

「そもそも今まで大雨が降るようなことはなかったような……」

護衛たちの発言によって、ついにジャルパル陛下の表情が怪しくなってきた。

「知らぬよ。私からの要求を逃れるための作り話にしか聞こえぬが」

「いいえ、全て本当のことですよ。他国との対談で嘘など言うわけがないでしょう。それこそ信用問題に関わってきます」

「……当然のことだ。だがフォルスト国王の発言には証拠がない」

フォルスト様は、クスクスと笑っていた。

それに対して、ジャルパル陛下は顔から汗をかいている。もしかしたら動揺しているのかもしれない。

「証拠ですか……」

「所詮、すぐには用意できないのだろう」

「いいえ、そうではなくてですね。良いのかと思いまして」

「どういうことだ？」

「ジャルパル殿の地位と名誉まで危うくなるかと。今ジャルパル殿の配下たちの目の前で公開して良いのですね？」

「あぁ、構わぬよ」

フォルスト様が私のほうをチラリと向き、笑顔になった。こんなときでも私のことを心配してくれる優しさにドキリとしてしまった。すぐに微笑んでお返しをする。

するとフォルスト様はすぐに真顔になって、今度は私の周りにいる護衛たちに声をかけた。

「よし、彼女をジャルパル殿に見えるようにしてくれたまえ」

「え？　えぇっ？」

かくれんぼしているはずだったのに。そんなことをされたらジャルパル陛下に見つかってしまうではないか。私は慌てふためく。

「大丈夫ですよ。かくれんぼは終了ですから。次は聞かれたことをなんでも喋る時間です」

「ちょっとこわい」

「フラフレ様のことはここにいる全員で絶対に守ります。むしろ今ここで、溜め込んできたことを吐き出しましょう」

「う、うん……」

ジャルパル陛下から散々な仕打ちを受けてきたのだ。

ここで、今まで言いたくても言えなかったことをハッキリと言ってしまおう。

よし！

「お久しぶりですジャルパル陛下」

「…………誰だ？」

「あなたの国で地下牢生活していたフラフレですよ」

ジャルパル陛下は信じられないといった表情をしながら、私のことをいやらしい目つきでジロジロと見てくる。

こんな目つきを向けられたことが初めてなため、ちょっと気持ち悪い。

「フォルスト国王よ……、嘘をつくでない。我が国にいたフラフレは、このような美しい姿をしていない。彼女はもっと、細い骨みたいな体型で、こんな綺麗な髪ではなかった。少々似ているところもあるが別人だよ。こんなに美しい女性なら、婚約者にしたいくらいだが」

「褒め言葉として受け取っておきましょう。先ほども言いましたが、ハーベスト王国からの帰り道で発見したときの彼女の姿、体型、容姿全てが、今とはまるで別人でしたよ。それだけ元気になったというわけです」

「信じられぬな。では自称フラフレに問いたい。追放する直前までの食事担当と、追放した際の御者の名前を述べてみよ」

「名前は名乗られたこともないので知りませんよ……。あ、でもそこで後ろに隠れようとしている人が御者ですよね？　あと、そこの鎧被っているおじさんが食事担当の人でした」

ジャルパル陛下の顔が青ざめていく。

どうやら私がフラフレなのだと、本当に信じていなかったようだ。

「えぇと、なんでも喋って良いんですよね？　御者の方が乱暴な運転をして、馬車内で気持ち悪くなっちゃって。でも吐いたら殺すというようなことを言われたので、馬車から飛び降りたんです。そしたらそのまま置き去りにされちゃいました。食事を持ってきてくれた人は酷かったです……。運んでくれたパンを私の前で踏み潰したり、泥まみれのものを毎日用意してましたよね」

二人とも私から顔を背けたままなにも言えずにいるようだ。よし。反撃ができたようだ。

この勢いで、次はジャルパル陛下のことをみんなに教えなきゃ。

だが、実のところジャルパル陛下のことは予定が狂うと焦り出したり、用意周到だということくらいしか知らないんだよね。

私が地下牢にいたころに話されたことをそのまま言うしかないか。

「ジャルパル陛下は私みたいな骨よりも、ふっくらとした体型で綺麗な子がタイプなんですよね」

「なぜ私だけそのようなことを言うのだ……」

「だから私を見たあとに、ショーカン？　そんなような名前の店でしたっけ。女の子がたくさんいるっていうショーカンへ行くと、一段とレベルの高い女がいると思い込めて気合いが入るって言っていましたっけ」

「よ……よせ！」

「確かそれって、大事な国務だから食事担当の人とか、たまに御者も連れていくって言ってましたよね。しっかりと国の仕事はしている陛下だなぁって印象はありましたよ」

「…………」

ジャルパルは無表情のまま固まっている。やっぱり私にしてきたことを言わなければダメだったのかもしれない。しかも、最終的にはジャルパル陛下のことを褒めてしまった。

どうしよう……。ひとまずフォルスト様に謝らないと。

「フォルスト様……申しわけありません。私、ジャルパル陛下のことって実はよく知らなくて……」

「い、いや、もうわかったから、これ以上はなにも言わないであげてくれ」

「はぁ……。フラフレ様の、無知ゆえに遠慮のない、おそろしいまでの暴露でしたね。鳥肌がたちました」

どういうわけかフォルスト様とアクアが私の発言をとめようとしてきた。なにかリバーサイド王国側にマズいことを言ってしまったのかもしれない。

だが……。

「ジャルパル陛下よ。今の発言が本当だとしたら、職権乱用で大問題ですぞ！　御者たちも、事実であればタダでは済まないだろう！」

「だが、あの者が本当にあのフラフレなのか？　追放時にはあのような、天使みたいな表情をしていなかったが。見た目もまるで違う」

再びジャルパル陛下の周りにいる護衛たちがどよめく。ジャルパル陛下は下を向いたまま黙秘を貫いていた。もしくはなにかを考えているのだろうか。

「フォルスト国王よ、やはり彼女はフラフレではないのだろう？　これは私をハメるための罠に違いない」

「そこまで疑うのなら、こちらとしても決定的な証拠をお見せするしかありませんな。先ほど捕らえた者たちをここへ連れてきたまえ」

「なっ？」

ジャルパル陛下は、ついに滝のような汗を流しながらガタガタと震えはじめた。

そしてすぐに、ロープで縛られた三人が玉座の間に現れ、護衛たちからもどよめきがおこる。

「ジャルパル陛下！　なぜあの者たちが捕まっているのですか？　ジャルパル陛下が今回のために雇った諜報員でしょう」

「少し黙っていたまえ」

「ほう、この者たちは諜報員なのか。フラフレの部屋で、散らばっていた金貨を盗もうとしていたため捕らえたのだが。貴国の諜報員は窃盗までするのか？」

「………………」

ついにジャルパル陛下は驚いた様子で固まってしまった。

やがて。

「確かに我が国の諜報員だ。当たり前だがそのような命令はしていない。この国で廃棄処分してくれたまえ」

「ほう？　では処刑となるわけだが……」

「当然のことだ」

捕らえられている男たちが慌てふためいた表情をしていた。

フォルスト様が、捕らえられている三人に向きなおる。

「では死刑囚たちよ。最後に言い残すことはあるか？」

「これは罠だ！　ちくしょー、お前らハメやがったな！」

「ほう、どういう意味かね？　申してみよ」

フォルスト様がそう言うと、ジャルパル陛下が焦り出した。

「死刑囚の言葉に耳を傾けることもあるまい」

「聞いて困ることもないでしょう。それとも、ジャルパル殿にとっては困ることなのですか？」

再びジャルパルは押し黙る。

「俺たちはそこの国王様に雇われただけだ。俺たちが邪魔になったから捕らえるための罠にハメたんだろ」

「今思えばおかしな話だ。部屋に大量の金貨が散らばっていたんだからな」

「両国で協力して俺たちを処刑するつもりか！」

フォルスト様は不思議そうな表情をしながら黙り込むと、やがて口を開く。

「興味深い話だ。つまりそなたらは、国がふたつ協力してでも捕らえなければならないほどの極悪人か。此度はどのような依頼内容だった？」

「罪人フラフレを誘拐してこいと命じられた」

「金貨二十枚と、今までの俺たちの悪事をもみ消してくれるって条件で引き受けたんだ」

「それなのに、金貨を撒き散らして、窃盗犯として捕らえるなんてキタねー奴らだ！」

あ、それに関しては誤解がある。

フォルスト様のことまで悪く言われたら黙っていられない。

「部屋の金貨は私が飾っていただけなんですけど……」

「なんだって？　じゃあああの金貨は偽物だったのか！」

アクアは呆れたように額に手をやった。

「残念ながら本物ですよ……。だからあれだけフラフレ様には金貨を飾らないでくださいと注意してきたではありませんか」

「だって綺麗なんだもん……」

「ちくしょー。呆れてものも言えねぇよ。処刑なりなんなり好きにしてくれ」

フォルスト様は再びジャルパル陛下に視線を戻す。

ジャルパル陛下はすでに放心状態だった。

「ジャルパル殿よ、なにか反論はありますかな？」

それを聞いてジャルパル陛下の護衛たちは一斉に騒ぎはじめる。

「ジャルパル陛下！　今のは本当の話ですか？」

「国王が極悪人を雇うなど前代未聞ですぞ！」

「今までの話が嘘だとしたら、フラフレは本物の聖女だったのですか？」

「最近の悪天候はジャルパル陛下が招いたことなのでは？」

「極悪人を雇う金があるなら、私たちの給料を上げてくださいよ」

ジャルパル陛下は両手をあげて護衛たちを黙らせた。

そして……。

「フラフレよ……、金貨を飾るでない……」

魂が抜け落ちたような声で、私に物申してきた。

もちろん聞き入れるつもりはない。また飾るつもりだから。

「この極悪人たちも連れ帰らねば、貴国の都合がつかぬだろう。連れて帰るがよい」

「良いのですか？」

「その代わり条件がひとつある。フラフレが本物の聖女であり、今までもハーベスト王国で聖なる力で貢献してきたことと、ジャルパル殿の悪事を公表するように。その条件をのむのなら後日野菜の取引に応じよう」

「承知しました。必ずや」

あれ、もう終わりなのかな。このままじゃ結局野菜を持って帰ることができないのではないだろうか。

「ちょっと待ってください、フォルスト様」

「どうした？」

「今のハーベスト王国って食べ物に困っているんですよね？　おなかが減って倒れるつらさはすごく良くわかるんです。少しだけでも食料を分けてはダメですか？」

「やれやれ……、フラフレの優しさにはおそれ入るよ」

フォルスト様はニコリと微笑んでから、護衛たちに視線を向けた。

「今回に限り、取引ではなく支援だ。今日王宮で収穫される野菜分は全て持っていきたまえ。帰りの食料には困ることがないだろう。もうじき今日の分が収穫される」

「あ、ありがとうございます。しかし本当によろしいのでしょうか？」

「構わぬ。フラフレたっての希望だからな」

「では、せめて我々に収穫作業を手伝わせてください」

「あ、私もやりますー。でもこの格好じゃダメですよね。オメシカエしてきます」

私はさっき教えてもらった言葉をさっそく使ってみた。

だが、なぜかアクアは呆れていた。

「はぁ……公の場なのに。フラフレ様、言葉遣いを間違えていますよ。『お召し替え』とは、相手を敬う言葉ですから、自分自身には使わないのですよ」

「せっかく覚えたのに……」

使い慣れない言葉はやっぱり難しいなぁ。

第七章　フラフレのどろんこ農園生活はいつまでも

翌日、盗られた金貨は私のもとへ返ってきた。さぁ、全部元の位置に並べなければ……。千枚以上あるから大変だ。私は所定の位置に並べ、向きも正確に整えていく。だがこれは骨の折れる作業だ……。

「アクア……手伝ってほしいんだけど」

「いやです！」

即答で断られちゃった。今までどんなお願いも聞いてくれていたのに、なんでだろう。

「フラフレ様は懲りていないのですか？」

「でも悪い人も捕まったことだし、平和になったんだよ」

「それでもいやです！　こればかりは、ジャルパル陛下の最後の意見に賛同ですね」

「えぇ～そんなぁ……」

渋々一人で頑張って並べていく。

さすがに疲れてきたけど、これは譲れない大事なことなのだ。私が疲弊してきたころ、フォルスト様がやってきた。

「また並べているのか？」

「はい。部屋の装飾にはこれがどうしても必要なんです」

「そうか。ところでアクアは、銅像のように立っているだけなのか？」

「この行為には賛同しかねます」

「では私が手伝うか」

フォルスト様が、山積みの金貨を手にして、綺麗に並べてくれた。

「陛下、正気ですか？」

「まぁそう言うでない。今回この装飾によってフラフレが助かったようなものだろう……」

「あんなこと二度とないと思いますけどね」

「そうであってほしいものだ……」

「しょうがないですね……」

アクアも一枚の金貨を手にとって並べてくれた。

「手伝ってくれるの？」

「この調子では朝になってしまいますから。それに、金貨の配置は、フラフレ様の次に私がよく覚えています」

二人が加わってくれたことにより、やる気がみなぎった。

もうひと踏ん張り、頑張ろう。


金貨の配置がひととおり終わって、部屋も元どおり。

私は二人にお礼を言った。二人の協力がなかったら、本当に徹夜になってしまっただろう。

さて、余った時間で農園へ行こうかなと思っている。でも、もう暗くなってきちゃったし、どうしようかなぁ。

「アクアよ。少しだけ席を外してくれないか？　フラフレと二人で話がしたい」

「承知しました。このあと夕食が待っていますので、決して良からぬ方向には進まないように」

「からかうでないっ！」

「ふふ、ではごゆっくり」

アクアは笑いながら部屋から出ていった。

「フラフレよ。今回の事件では、迷惑をかけたうえに、危険な目にも遭わせてしまった。すまない」

「そんなことありませんよ。フォルスト様が無事で良かったです」

「実のところ、何度かジャルパル殿に殴りかかりたくなっていた。だが、横にフラフレがいたから気持ちを抑えることができたのだよ」

私も、アクアやフォルスト様がそばにいてくれたから、あの状況下でも安心していられたのかもしれない。二人には感謝しても足りないほどだ。だが、これだけは言っておきたかった。

「国同士の喧嘩はしちゃダメですよ？」

「あぁ、そのつもりだ。だが、やはりフラフレのこととなると、感情をセーブするのが難しい……。これからも私のそばから離れるでない」

「もちろんです。えぇと……、離れないということは、お風呂で身体洗いっことかもできるってことですか？」

「それはダメだ！　健全なつき合いをだな……」

「お風呂は健全で楽しいと思うんですけど……」

「じきにその辺もアクアから教育させねばな……。こういうことだ」

「どんな……って、へぇぇぇええ？」

私の身体はフォルスト様の両手で優しく包み込まれ、そのままギュッと抱きしめてくれた。

「フラフレよ。もう一度言おう。私から離れるでない。そして、今回の件は、フラフレがそばにいてくれて助かった。ありがとう」

「は、はいっ！」

絶対に離れるものか。

いつか絶対に会いたいと思っていた幼馴染がフォルスト様だと知った。
もう二度と離れ離れになんてなりたくない。
私もその想いでギュッとフォルスト様の引き締まった身体に抱きついた。
これからも、フォルスト様のそばで過ごしながら、農園で楽しく遊んでいきたい。

外伝　フラフレたちは普段と違うことをする

数日前、私の聖なる力が元どおりになっていることを知った。元聖女のミラーシャさんのおかげである。だが、知っただけで、今までと特に変わらない。

今日も農園で遊んでいたから、どろんこまみれになっちゃった。いつものように、お風呂に入って汚れを落とし、部屋着に着替えるところである。

着替えの手伝いをしてくれるアクアを見て、ふと思った。

「アクアっていつもピシッとした同じ格好だよね」

「仕事ですからね。メイドだとしっかりとわかるようにしておかなければなりません」

「仕事以外ではどんな服を着るの？」

「私は住み込みですので、基本的に休暇はありませんよ」

私のために毎日休むことなく、そばについてくれている。

身の回りの世話をしてくれるし、勉強だって教えてくれる。感謝しても足りない。

「アクアもゆっくり休んでもらいたいな」

「心配無用ですよ。私にとって毎日が休暇のようなものです。こうしてフラフレ様のおそばに仕えていること自体が楽しいですから」

「いつもありがとう」

「いえ。それに完全に自由な時間があったとしても、私はやりたいことが特にありませんからね。フラフレ様と書庫で一緒に読書をしている時間のほうがよほど有意義なのですよ」

アクアがニコリと微笑みながら私にそう言ってきた。この可愛さは反則級だと思う。

たまにはアクアにも私と同じように色々な格好をしてもらいたいな。

「たまには別の服を着てみたらどうかな？」

「そう言われましてもねぇ……」

「好きな服を着て良いってなったらどんな格好するの？」

アクアは思いのほか、楽しそうに考えているようだった。

もしかして、本当は好みの服を着たいのではないだろうか。

「そうですねぇ……。普段は足首まで隠れるメイド服ですので、たまには羽目を外して、太ももまであらわになるようなスカートでしょうか」

「男の人たちがみんなドキドキしちゃいそうだね」

「冗談です。そもそも野獣のような男に興味はありませんので。仮に着るとしてもフラフレ様の前でだけお披露目ですね」

「ちょっと見たかったりもするなぁ」

「そうですか？　実は太ももがあらわとまではいきませんが、趣味で集めた服はいくつか持っていますよ。着る機会が滅多にないだけで」

「見たい！　見たいいいぃぃぃ～！」

アクアの新しい一面を見られるかもしれない。いてもたってもいられなくなり、駄々をこねてみると、アクアは恥ずかしがりながらも、どこか喜んでいるようだった。

「フラフレ様のご命令というていで着るくらいなら、まぁ良いでしょう」

「楽しみにしてる」

「ではそろそろフラフレ様も服を着てください」

「あ、そうだった」

興奮してしまい、風呂上がりの半裸のままだった。

アクアに連れられて、衣装ルームのさらに奥へ進んだ。

「あれ、この部屋って他国の王妃がデザインした貴重な服があるから入っちゃダメって言ってなかったっけ？」

「今回は特別特典ですからね」

「なにそれ？」

「いえ、なんでもありません。今回は良いでしょう。それでは着替えてきますね」

私は待っている間、展示されている服を眺める。一部を除き、見慣れない服が多く、興味深い。やがてアクアが、着替えた格好で私の前に姿を見せた。

「ほぇぇぇえええっ！」

「どうでしょうか……？」

私の視線は、まずアクアの象徴とも言える胸に釘づけだった。ピシッとした服で、アクアの大きな胸が強調されている。

だが、それどころではない。足元が大変なことになっているではないか。

「服、足元破けちゃっているよ」

「……これはスリットといいます」

「パンツも見えそうだよ」

「いえ、どう動いても絶妙に見えないようになっています」

「はぁぁぁ……、世の中にはすごい服があるんだね。いったいなんでこんなデザインに……。

飾られている他の服もすごいよね」

「どれか着てみますか？　いえ、着ましょう」

普段と雰囲気の違うアクアが私のそばに近寄ってきた。可愛すぎて、思わずドキッとする。

「私が着るの？」

「ぜっっっったいに似合うかと。どれか着てみたい服はありましたか？」

「んー……。やっぱこれかなぁ」

「これですか……？」

アクアは、私が指差した服を見ながら少し考えていた。

さすがに無理があったのかもしれない。そう思っていたのだが。

「面白そうなので、試しに着てみますか」

「やったあぁぁぁ！」

「陛下には内緒ですからね」

「うん、わかった」

さっそく着替えてみたのだが……。

「うぅ……サイズがまったく合わない……」

「当たり前です。でも、ダボっとした着こなしも可愛いと思いますよ」

「そうかなぁ。フォルスト陛下には絶対に見られないようにしなきゃだね」

だが、そういうときに限って、予期せぬ出来事はおこるものである。

「ここでなにをしている？　って、なななななにを……？」

「「げ……！」」

フォルスト陛下が入ってきてしまった。

私の格好を見たフォルスト陛下が目をまん丸にして驚いていた。

アクアはものすごく恥ずかしそうな顔だ。

「それは私の服だが……」

「ごめんなさい！　前々からかっこいいなぁと思っていたから着てみたくなっちゃって……」

「ほう。つまりアクアがフラフレ殿をここに連れ込み、その服を着る許可を出したと推測するわけだが」

「申しわけございません。好奇心と出来心でフラフレ様を――」

「いや、今回は特典だから構わぬ。それよりもきたる日に備え、フラフレ殿のサイズにあった王服も用意するべきであった……」

フォルスト陛下はとても残念そうな表情をしていた。

それよりも、特典とか、きたる日ってなんだ？

「陛下はわかっていませんね。フラフレ様の、上手く着こなせていない姿がとても可愛いのですよ」

「確かに……。普段は絶対に見ることのできないような格好だな」

「ところで陛下。わざわざここに来たということは、覚悟はできていますよね？」

「む？」

アクアがニヤリと不気味な笑みを浮かべ、フォルスト陛下は、徐々に後退りしていく。

やがて、フォルスト陛下が壁にくっつくような体勢になった。

「私とフラフレ様の貴重な姿をタダで見たのです。それ相応のことをしていただかないと……。女装、仮装……ふふふ、色々と妄想が膨らみますね」

「わ……、私はそのような格好は絶対にせぬぞ！」

「そうですか。私としては女装した陛下の姿を見てみたい気持ちもありましたが、今回は我慢して次回に期待しておきましょうか。ではあれに着替えてください」

「あれか……？　まぁあれなら構わぬが……」

フォルスト陛下が、やる気がなさそうな動きをしながら奥にある試着室へと進んでいった。

しばらくたって出てきた姿は……。

「あわわわわ……。かっこよすぎる……」

「うっ……、これはさすがに、一瞬だけ男として見てしまいました……」

「こんな格好をさせられて私は恥ずかしいのだが……」

私の心拍数が大変なことになってしまった。頭からも蒸気が出て、体ごと沸騰してしまいそうな、そんな気分だ。

アクアは可愛いし、フォルスト陛下はかっこよすぎる。

「二人がピシッとしているのに、私だけダボダボ……」

「むしろそれが可愛いのです！　不器用に着ている姿が神々しくも見えますよ」

「そうなのかなぁ……」

サイズの合わないフォルスト陛下の王服を着こなせなくて、申しわけなく思ってしまう。

そんな気持ちなどお構いなしかのように、フォルスト陛下は私をじーっと眺めてきた。

そして小声でボソボソと独り言のように呟く。

「ふーむ……。もしも将来王妃となった場合、ドレスよりもむしろこの格好のほうが可愛いような……」

「なんですか？」

「いや、なんでもない。独り言だから気にしないでくれ」

よくは聞き取れなかったけど、きっとサイズの合った服をわざわざ新調しようとしてくれているのではないだろうか。そんなことさせたら申しわけないし、私がなんとかしなければ。

「よおぉぉぉし、私ももっと大きくなってフォルスト陛下の服をしっかり着こなせるようにするぞおぉぉ！」

「フラフレ様の成長期はピークを迎えていると思うので、あまり張り切らなくて良いかと」

「じゃあ、それが終わったら大きくなるぞおぉぉ！」

アクアとフォルスト陛下は、クスクスと笑い出した。

あ、これは私がなにか間違ったことを言ったときの笑い方だ。ということは、私ってこれ以上大きくなれないのでは？　アクアくらいの胸の大きさもほしかったし、もうちょっとだけ身長高くなりたいんだけどなぁ。

「フラフレ殿よ、今のままで良い。これからもその可愛さと仕草を忘れないでくれたまえ」

「へ？　あ、はい」

うーん……、フォルスト陛下の言っていることがよくわからなかったけど、ひとまず頷いておいた。

今日は特に楽しかったなぁ。

明日からも農園で楽しく土と戯れて、美味しい野菜を実らせようと、私は張り切っていた。

あとがき

はじめまして、よどら文鳥です。まず、『追放聖女のどろんこ農園生活　～いつのまにか隣国を救ってしまいました～』をお買い上げくださり、ありがとうございます。初めてのあとがきですが、書籍化を目指したころから書く内容は決めていました。

二〇一九年の十月に、『小説家になろう』様で趣味で小説を載せはじめました。書きはじめたころから、執筆スピードだけはそれなりにあったかと思います。

そこに目をつけてくださったのが、すかいふぁーむ先生でした。元々友人関係でもあり、『共著やってみませんか？』と声をかけていただきました。本屋さんに並ぶようになったのもすかいふぁーむ先生のおかげです。

すかいふぁーむ先生からは、小説の書き方の基本や、どのように書けば良いのかなど、細かく教えてもらいながら共著作品を数作書かせていただきました。

しかし、私の実力不足があり、共著作品でも書籍化までは到達できずでした。それでもご教授くださり、ついに、すかいふぁーむ先生の奥様にも、構成や物語の展開を一緒に何作か考えてもらいました。こうして、すかい夫婦揃っての、よどら文鳥育成計画が進んでいきました。

厳しかったものの、修行を重ねた結果、異世界恋愛でデビューすることもできました。お二人には大変感謝しています。ありがとうございます。これからもよろしくお願いいたします。

二ページ目で後半ですね。今度は自分のことを書きたいと思います。

週に三回以上一人カラオケするほど歌うことが大好きです。歌だけでなく、ドラムもやっています。ドラムに至ってはバンドでメジャーを目指していたこともあります。当時は私が中途半端になっていて、あと少しでメジャーデビューというところで脱退してしまいました。

そこで、作家を目指すうえでは、『書籍化が決まるまでは集中するために色々と制限しよう』と決めて、追い込んで、これでもかというくらいチャレンジしてみました。

目指したことが達成できて嬉しかったです。音楽では挫折してしまいましたが、別の形で役に立てたので、バンド活動も無駄ではなかったと思っています。

そして次の目標は……、ここでは書かないでおきますね。

最後に、快く執筆のご相談に乗ってくださるSさん、のほほんと私の雑談を聞いてくださるAさん、お二人がいたからこそ今作品が生まれました。いつもありがとうございます。

今作品に打診がかかるくらい評価ポイントやブックマークで応援してくれたたくさんのなろうユーザー様、ツギクルブックス編集者様をはじめ、縹ヨツバ先生、本の制作に関わってくださったすべての方。おかげで今作品が本になりました。そして本を手に取ってくださった方。皆様ありがとうございます。どうかこれからも、応援よろしくお願いいたします。

ちっこい俺の巻き込まれ異世界生活
1～3
著 ぬー
イラスト こよいみつき
2023年6月、
最新4巻発売予定！
異世界転生したら幼児になっちゃいました!?
コミカライズ企画進行中！
ちったい俺でも
異世界を楽しんでいい？

没落寸前の男爵家の令嬢アニスは、貧乏な家計を支えるため街の菓子店で日々働いていた。そのせいで結婚にも行き遅れてしまい、一生独身……かと思いきや、なんとオラリア公ユリウスから結婚を申し込まれる。しかし、いざ本人と会ってみれば「私は君に干渉しない。だから君も私には干渉するな」と一方的な宣言。ユリウスは異性に興味がなく、同じく異性に興味のないアニスと結婚すれば、妻に束縛されることはないと考えていたのだ。アニスはそんな彼に、一つだけ結婚の条件を提示する。それはオラリア邸で働かせてほしいというものだった……。

白い結婚をした公爵夫人が大活躍するハッピーエンドロマンス！

定価1,320円（本体1,200円＋税10%）　978-4-8156-1815-5

2023年4月、
最新14巻
発売予定！

もふもふを知らなかったら人生の半分は無駄にしていた

1～13

著／ひつじのはね
イラスト／戸部淑

冒険あり、癒しあり、笑いあり、涙あり

もふもふたちに囲まれた異世界スローライフ！

魂の修復のために異世界に転生したユータ。異世界で再スタートすると、
ユータの素直で可愛らしい様子に周りの大人たちはメロメロ。おまけに妖精たちがやってきて、
魔法を教えてもらえることに。いろんなチートを身につけて、目指せ最強への道？？
いえいえ、目指すはもふもふたちと過ごす、
穏やかで厳しい田舎ライフです！

転生少年ともふもふが織りなす
異世界ファンタジー、開幕！

定価1,320円（本体1,200円＋税10%）　ISBN978-4-8156-0334-2

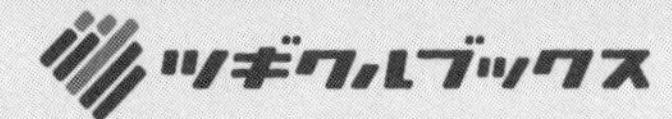

https://books.tugikuru.jp/

愛読者アンケートに回答してカバーイラストをダウンロード！

愛読者アンケートや本書に関するご意見、よどら文鳥先生、縹ヨツバ先生へのファンレターは、下記のURLまたは右のQRコードよりアクセスしてください。
アンケートにご回答いただくとカバーイラストの画像データがダウンロードできますので、壁紙などでご使用ください。
https://books.tugikuru.jp/q/202302/doronko.html

本書は、「小説家になろう」（https://syosetu.com/）に掲載された作品を加筆・改稿のうえ書籍化したものです。

追放聖女（ついほうせいじょ）のどろんこ農園生活（のうえんせいかつ）
～いつのまにか隣国（りんごく）を救（すく）ってしまいました～

2023年2月25日　初版第1刷発行

著者　よどら文鳥（ぶんちょう）

発行人　宇草 亮
発行所　ツギクル株式会社
〒106-0032　東京都港区六本木2-4-5
TEL 03-5549-1184
発売元　SBクリエイティブ株式会社
〒106-0032　東京都港区六本木2-4-5
TEL 03-5549-1201

イラスト　縹ヨツバ
装丁　ツギクル株式会社
DTP　株式会社エストール
印刷・製本　中央精版印刷株式会社

ISBN978-4-8156-1915-2
Printed in Japan